Estoril · Cindy – ein neuer Anfang

Jean Estoril

Cindy
Ein neuer Anfang

Aus dem Englischen übersetzt
von Tilo Wedemeyer

Loewe

CIP-Titelaufnahme der Deutschen Bibliothek

Estoril, Jean:
Cindy / Jean Estoril.
Aus d. Engl. übers. von Tilo Wedemeyer.
Bindlach : Loewe.
Ein neuer Anfang. – 1. Aufl. – 1990
ISBN 3-7855-2348-3

ISBN 3-7855-2348-3 – 1. Auflage 1990
Originalverlag: Macdonald, Hempstead
Originaltitel: Drina's dancing year/
Drina goes to the Dominick-School

Aus dem Englischen übersetzt von Tilo Wedemeyer
Umschlagillustration: Norma Agency Vicente Gonzales
Umschlagtypographie: Claudia Böhmer
Satz: Fotosatz-Studio GmbH, Fichtelberg
Gesamtherstellung: Ueberreuter, Korneuburg
Printed in Austria

Inhalt

Der Talisman

Die Sonne tauchte das winterliche London in ein gleißendes Licht. Am Bahnhof Paddington herrschte wie immer geschäftiges Treiben, die Bahnsteige wimmelten von Menschen. Jenny Pilgrim stand mit ihren Koffern in der Menge und hielt nach ihrer Freundin Ausschau. Wo blieb Cindy bloß? Sie versuchte in dem vorbeiflutenden Menschenstrom einzelne Gesichter zu erkennen.

Cindy Adams – wie sie jetzt wohl aussah? Schließlich war einige Zeit vergangen, seit Jenny ihre alte Freundin zum letztenmal gesehen hatte. Wie lange war es nun schon her, daß Cindy mit ihren Großeltern von Willerbury nach London gezogen war? War inzwischen wirklich schon mehr als ein halbes Jahr vergangen?

„Jenny! Jenny!" Cindys helle Stimme riß sie aus ihren Erinnerungen – und schon lagen sich die beiden Mädchen in den Armen.

Sie fuhren mit dem Taxi zu der kleinen Wohnung im Stadtteil Westminster, wo Cindy mit ihren Großeltern lebte.

Jetzt packten sie im Gästezimmer gemeinsam Jennys Koffer aus. Jenny schleuderte ihre Pullover aufs Bett und rief: „Komm, wir gehn raus! Die Klamotten können wir doch auch nachher noch einräumen. Es gibt soviel zu sehen, und alles ist so aufregend für eine Landpomeranze wie mich!" Sie kicherte übermütig und schüttelte ihre blonde Mähne, daß die Haare nur so flogen. „An der frischen Luft kann man außerdem viel besser erzählen. Ich seh's dir an – du platzt doch beinahe vor lauter Neuigkeiten!"

Cindy lächelte geheimnisvoll.

Die beiden Mädchen konnten gegensätzlicher nicht

sein. Jenny war kräftig und lebhaft – die dunkelhaarige Cindy dagegen zart und still. „Ach Jenny“, sagte sie, „es ist so viel passiert, daß ich gar nicht weiß, wo ich anfangen soll. Ich hätte es nie gedacht – aber London ist einfach wunderbar!“

Jenny warf ihr einen verschmitzten Blick zu. Sie besaß eine rasche Auffassungsgabe und vor allem eine gehörige Portion gesunden Menschenverstand. Sie hatte auf den ersten Blick erkannt, daß ihre Freundin glücklich war – so glücklich und so aufgeregt, als wollte sie die ganze Welt erobern. „Als dich deine Großeltern von der Selswick-Schule nahmen und nach London zogen, hast du nicht geglaubt, daß es hier schön sein könnte. Ich weiß noch, wie niedergeschlagen du damals warst. Du dachtest schon, alles ist aus und du würdest nie wieder tanzen.“

„Ja, das stimmt“, sagte Cindy, als sie mit dem Fahrstuhl nach unten fuhren, „ich hab' damals wirklich geglaubt, mit dem Ballett wär's für immer vorbei. Mir graut es jetzt noch, wenn ich daran denke. Es war einfach schrecklich. Großmutter hatte mir verboten zu tanzen, und ich kannte keine Menschenseele in London. Außerdem habe ich Miss Selswick vermißt und die Ballettschule – und vor allem dich.“

Jenny schwieg einige Augenblicke. Sie erreichten das Themseufer und warteten eine Lücke im Verkehr ab, um zum Parlamentsgebäude hinübergehen zu können. Dann warf sie den Kopf zurück und atmete tief durch. „Ich kann die Themse riechen! Endlich mal wieder Großstadtluft! Und da ist ja auch der gute alte Big Ben!“ Sie lachte und hakte sich bei Cindy ein. „Aber auf die Dauer wär' London nichts für mich. Ich brauch' einfach das Landleben – und der gute Duft von Schweinemist ist mir eigentlich tausendmal lieber als Autoabgase!“

Cindy lächelte. Das war typisch Jenny – sie hatte sich kein bißchen verändert.

Die Mädchen gingen schnell weiter in Richtung Westminster-Brücke. Trotz des Sonnenscheins war es viel zu kalt, um sich lange aufzuhalten.

„Nun laß mich doch nicht so lange schmoren", sagte Jenny und gab Cindy einen freundschaftlichen Schubs. „Deine merkwürdige Postkarte hat mich reichlich neugierig gemacht. Nun erzähl schon!"

Jenny hatte sich ziemliche Sorgen um ihre Freundin gemacht. Cindy hatte turbulente Monate hinter sich – sie hatte trotz des Verbots der Großmutter heimlich trainiert. Eine ehemalige Ballerina, Adele Whiteway, hatte ihr ein Studio zur Verfügung gestellt. Diese Art des Doppellebens war Cindy einfach gegen den Strich gegangen – es war nicht ihre Art, mit verdeckten Karten zu spielen, und sie hatte darunter gelitten, ihre Großmutter anlügen zu müssen. Aber das Tanzen aufgeben? Nie im Leben!

„Ich hab' von Anfang an geahnt, daß es irgendwann herauskommen würde", meinte Jenny versonnen. „Allerdings glaubte ich, du wärst jetzt völlig am Boden zerstört und deine Großeltern hätten dich enterbt oder so – und dabei siehst du so aus, als könntest du zum Mond tanzen!"

Cindy lächelte. „Irgendwann fliegen solche Sachen immer auf. Zuerst war es ganz schrecklich. Ich dachte, es gäbe einen höllischen Krach. Aber es passierte eigentlich nichts. Großmutter hat zwar ziemlich merkwürdig reagiert, aber dann erzählte sie mir plötzlich, daß meine Mutter Tänzerin gewesen sei. Ich fiel aus allen Wolken." Cindy unterbrach sich und lachte bei der Erinnerung an dieses turbulente Gespräch.

„Für Großmutter muß das alles einfach furchtbar

gewesen sein“, fuhr sie fort. „Sie wollte nicht, daß ich tanze, sie wollte nicht, daß ich in diese Welt hineingerate – sie wollte verhindern, daß es mir ergeht wie meiner Mutter ...“ Cindys Blick verdunkelte sich. Sie seufzte. „Als sie entdeckte, daß ich heimlich trainierte, muß ihr klargeworden sein, daß es nicht so weitergehen konnte. Ich muß einfach tanzen – und das hat sie eingesehen.“

Jenny nickte. „Ich hab' immer gewußt, daß sie irgendwann zustimmen muß. Ich hab' dir doch gesagt, du bist die geborene Tänzerin! Das sieht doch ein Blinder mit verbundenen Augen! Und irgendwie haben wir's ja auch geahnt, daß deine Mutter eine Ballerina war, stimmt's?“

Cindys Augen leuchteten. „Ja – vielleicht“, meinte sie nachdenklich. Sie blickte die Freundin an, holte tief Luft und stieß dann hervor: „Jenny – du weißt noch nicht alles. Großmutter hatte mir zuerst nicht die ganze Wahrheit erzählt. Das kam erst später.“

Jenny war gespannt. Daß Cindy eine ganz außergewöhnliche Neuigkeit auf dem Herzen hatte, war ihr mehr als deutlich anzusehen.

„Es war an Silvester“, begann Cindy, und ihre Stimme zitterte ein bißchen. „Wir gingen in den Covent Garden, um uns das Royal Ballett anzusehen, und – ach Jenny! – ich werde es nie in meinem Leben vergessen! Es war der schönste Abend meines Lebens. In der Pause trafen wir Colin Amberdown – ein ziemlich bekannter Ballettkritiker. Und der hat mir gesagt, daß Elizabeth Ivory meine Mutter war!“ Cindy lächelte, und in ihren Augen funkelten Tränen – Tränen der Freude und des Glücks.

Jenny hatte sich auf eine Bank fallen lassen und starrte die Freundin an. „Cindy“, stotterte sie, „Cindy ...“

Jennys Mutter liebte das Ballett – und sie hatte bis vor

wenigen Jahren gehofft, daß ihre Tochter diese Leidenschaft teilte. Doch nachdem sich Jenny durch mehrere Kurse an der Selswick-Ballettschule in Willerbury gequält hatte, war es offensichtlich gewesen, daß sie weder Lust aufs Ballett hatte noch Talent dazu. Doch die Welt des klassischen Tanzes und seine großen Stars waren ihr noch vertraut. Elizabeth Ivory, das wußte Jenny, Elizabeth Ivory war eine der größten Tänzerinnen aller Zeiten gewesen – eine umjubelte Ballerina, deren tragischer Tod vor mehr als zehn Jahren die ganze Welt erschüttert hatte.

„Elizabeth Ivorys Tochter", flüsterte Jenny tonlos – und umarmte Cindy, ohne ein Wort herauszubringen.

Stumm gingen sie weiter, beide wie im Traum. Schließlich brach Jenny das Schweigen. „Warum, um alles in der Welt, hat deine Großmutter dir das alles so lange verheimlicht?"

„Sie haßt das Ballett", sagte Cindy. „Sie haßt es, weil sie glaubt, daß meine Mutter um ihre Kindheit und Jugend betrogen wurde. Nach Jahren harter Arbeit wurde sie berühmt – aber meine Großeltern sahen sie seltener als je zuvor. Sie muß ständig unterwegs gewesen sein, und selbst wenn sie in London war, gab es nur Proben, Training und Auftritte. Und am Ende, sagt Großmutter, brachte das Ballett ihr den Tod: Sie war auf dem Weg nach New York, um dort aufzutreten, als ihr Flugzeug abstürzte."

Die Mädchen schwiegen wieder. Jede hing ihren Gedanken nach.

„Ich kann deine Großmutter verstehen", sagte Jenny schließlich. „Trotzdem war es ein Fehler, dir zu verschweigen, wer deine Mutter war. Du hattest ein Recht darauf, es zu erfahren." Plötzlich lachte sie hell auf: „Ich bin ja so gespannt, was meine Mutter dazu sagen wird! Sie wird es wohl kaum fassen können. Aber sie hat ja schon immer felsenfest an dich geglaubt!"

„Ich bin doch keine bessere Tänzerin, nur weil meine Mutter ein Star war", gab Cindy zu bedenken.

„Na ja – ich weiß nicht. Ich hab' dir ja gesagt, daß du damit auf die Welt gekommen bist. Das hab' ich gespürt. Es muß einen Unterschied machen, oder?"

„Ich wüßte nicht, warum. Es ändert jedenfalls nichts daran, daß ich jahrelang werde hart arbeiten müssen. Meinen Großeltern paßt das natürlich gar nicht – obwohl sie eingesehen haben, daß sie mir das Tanzen nicht länger verbieten dürfen. Großmutter sagt, das sei kein Leben. Sie hat Angst, daß ich dem Ballett zuviel Zeit opfere."

„Aber ich nehme an, du hast ihr gesagt, daß für dich nur ein Leben als Tänzerin in Frage kommt. Das war doch eigentlich von Anfang an klar." Jenny atmete tief durch, breitete die Arme aus und lachte schelmisch: „Ich stimme deiner Großmutter übrigens voll und ganz zu! Den lieben langen Tag in diesen stickigen Studios – das wär' nichts für mich! Ich brauch' frische Luft, sonst fühl' ich mich eingesperrt. Du wirst sehen – eines Tages bist du heilfroh, daß du zu mir auf den Bauernhof kommen kannst, wenn der Ballettbetrieb dir auf die Nerven geht. Ich werde schon dafür sorgen, daß dir zwischendurch auch mal ein etwas würzigerer Duft um dein Näschen weht als die staubige Theaterluft!"

Cindy lachte und umarmte die Freundin. „Ach Jenny! Ich hoffe so sehr, daß wir Freundinnen bleiben. Ich mag das Leben auf dem Land – wirklich. Obwohl man ständig im Mist watet und alles nach Schweinestall stinkt –"

„Immer noch besser als der köstliche Geruch von

Schweißfüßen und Schminke!" konterte Jenny ungerührt. Und weil Cindy dagegen nichts einzuwenden wußte, war die Diskussion fürs erste beendet.

„Was ist denn sonst noch los bei euch?" wollte Jenny später wissen. „Ich bin sicher, es gibt noch mehr zu erzählen."

„Na klar. Neujahr kam Miss Whiteway zum Tee zu uns. Großmutter hat ihr erzählt, daß die Ivory meine Mutter war, und zeigte uns Photos und Ballettschuhe von ihr. Sie hat noch zwei Paar. Ein anderes ist in einem Museum ausgestellt, und die Igor-Dominick-Schule besitzt auch eines. Mutter ging ja in die Dominick-Schule und hat auch später noch oft in der Dominick-Kompanie getanzt. Die Kompanie war für sie eine Art Heimat, glaube ich. Dort hat ja alles angefangen ..." Cindy hielt inne.

„Es ist einfach unglaublich, daß ich jetzt auch ein Paar von Elizabeth Ivorys Ballettschuhen besitze. Großmutter hat sie mir geschenkt. Ich werde sie niemals hergeben! – Miss Whiteway war übrigens auch in der Dominick-Kompanie, bis sie einen Unfall hatte und das Tanzen aufgeben mußte. Jetzt entwirft sie Bühnenbilder fürs Ballett. Sie war so überrascht, als sie die Geschichte hörte! Sie hat versprochen, es keinem weiterzuerzählen. Niemand soll es wissen – außer dir und Miss Whiteway und Colin Amberdown. Und der hat auch sein Ehrenwort gegeben, nichts zu sagen."

„Aber warum denn nicht?" fragte Jenny erstaunt. „Warum soll es ein Geheimnis bleiben? Es wäre doch wunderbar für dich, wenn es bekannt würde."

„Das hat Großmutter auch gesagt", erwiderte Cindy ernst. „Aber ich will es nicht. Ich möchte alleine klarkommen. Ich will nicht nur deshalb Erfolg haben, weil ich die Tochter eines Stars bin – ich will nur Erfolg haben, weil ich wirklich gut tanze. Das habe ich mir fest vorgenommen."

Jenny schwieg beeindruckt. „Soll ich es denn auch meiner Mutter nicht erzählen?" fragte sie schließlich.

„Du kannst es deiner Mutter ruhig sagen, aber sie muß schwören, es für sich zu behalten."

„Sie wird schwören. Sie wird schweigen wie ein Grab", meinte Jenny begütigend. Doch dann fügte sie mit einem schelmischen Augenaufschlag hinzu: „Aber du weißt ja, Cindy – irgendwann fliegen solche Sachen immer auf …"

„Niemand wird es merken", sagte Cindy schnell. „Ich werde nicht Lucinda Adamo sein – jedenfalls nicht in den nächsten Jahren. Ich bin einfach Cindy Adams. Großmutter hat diesen Namen sowieso viel lieber. Wenn es nach ihr gegangen wäre, dann hätte meine Mutter einen Engländer geheiratet und nicht einen Geschäftsmann aus Mailand. Und wenn ich zu der Aufnahmeprüfung an der Dominick-Schule gehe, wird Miss Whiteway mitkommen. Man könnte Großmutter dort erkennen. Sie ist ja auch ganz froh, daß sie nicht hin muß. Sie sagt, daß es ihr wie gestern vorkommt, als sie meine Mutter zum erstenmal dorthin begleitet hat –"

Cindy schwieg. Sie konnte sich nicht an ihre Mutter erinnern – doch jetzt tat es ihr weh, daß sie so wenig über sie wußte. Sie kannte fast alle Stationen ihrer Karriere – doch ihre Gedanken und ihre Gefühle würden immer ein Geheimnis für sie bleiben. „Sie hatte rotes Haar, und sie war so mager und unscheinbar …", sagte sie leise, wie zu sich selbst.

„Du bist jedenfalls nicht unscheinbar", bemerkte Jenny. Schon immer hatte sie Cindys glattes, pechschwarzes Haar und ihre klare, blasse Haut bewundert. „Du siehst genauso aus, wie man sich eine Tänzerin vorstellt, Cindy."

„Von wegen! Ich bin klein und dünn, und irgendwie seh' ich doch komisch aus", erwiderte Cindy und lächelte ein bißchen schief. Sie war sehr bescheiden, und ein übermütiges Selbstbewußtsein gehörte wahrhaftig nicht zu ihren herausragenden Eigenschaften.

„Miss Whiteway wird sich erkundigen, wann die nächste Aufnahmeprüfung an der Dominick-Schule stattfindet", berichtete sie dann. „Es wird bestimmt eine Ewigkeit dauern, bis ich dort anfangen kann! Wenn sie mich überhaupt nehmen ... Bis dahin muß ich jedenfalls selbständig weiterüben. Ich weiß gar nicht, wie ich das Warten überstehen soll!"

„Wie wär's denn mit der Königlichen Ballettschule?" fragte Jenny. „Vielleicht würden die dich nehmen, wenn du an der Dominick-Schule wirklich durchfallen solltest."

„Nein, nein. Wenn schon, dann muß es auch die Dominick-Schule sein. Ich will es so", sagte Cindy in einem Tonfall, der keine weiteren Diskussionen zuließ. „Sieh mal!" Sie beschleunigte ihre Schritte, und sie näherten sich einem riesigen modernen Gebäude, das die umliegenden Häuser überragte. „Das ist das Dominick-Theater!"

Jenny blickte an dem Gebäude hoch. „Kaum zu glauben, daß du hier einmal tanzen wirst", meinte sie andächtig.

„Vielleicht klappt es ja gar nicht. Es könnte sein, daß ich nie gut genug sein werde", seufzte Cindy. „Vielleicht schaffe ich ja noch nicht einmal die Aufnahmeprüfung – "

„Jetzt hör endlich auf zu unken", meinte Jenny. „Natürlich schaffst du es!"

Cindy ließ sich nur allzugern von Jennys Optimismus anstecken. „Möchtest du dir die Schule ansehen, Jenny?“ fragte sie begierig. „Es ist gar nicht weit weg von hier!“ Ihre Augen funkelten vor Begeisterung – und ein bißchen auch vor Stolz.

„Klar will ich die Schule sehen. Ich muß ja schließlich wissen, wo du dich in der nächsten Zeit herumtreibst!“ Jenny lachte.

Cindy hakte sich bei ihr ein und führte sie schnellen Schrittes davon. Schon bald hatten sie das Themseufer hinter sich gelassen. Jenny, die den hektischen Verkehr und das Menschengewühl nicht gewohnt war, keuchte nach einer Weile: „Du kennst dich aber schon ziemlich gut aus! Man könnte meinen, du wärst hier geboren!“

„Mein Großvater hat mir die Stadt gezeigt, aber eigentlich kenn’ ich nur das Zentrum. Dies ist der Stadtteil High Holborn“, erklärte Cindy.

Wenige Augenblicke später bogen sie rechts um eine Ecke, und nach kurzer Zeit befanden sie sich auf dem Red Lion Square, einem ruhigen Platz, der von schönen alten Gebäuden umrahmt war.

„Schau, dort drüben!“ Cindy wies auf die gegenüberliegende Seite. „Das ist die Dominick-Schule. Ich war gestern schon mal hier. Der Probenraum für die Ballettkompanie ist in dem Gebäude direkt nebenan.“

Die beiden Mädchen überquerten den Platz, dann standen sie nebeneinander vor dem großen Backsteingebäude. Auf einem Schild neben dem Eingangsportal stand: „Igor-Dominick-Ballettschule. Privatschule. Staatlich anerkannt.“

„Der Schulunterricht findet ja wohl auch hier statt“, stellte Jenny fest. „Es wird also nicht nur den ganzen Tag herumgehüpft –“

Cindy lachte und gab der Freundin einen Knuff. „So ist es. Wenn ich hier anfange, müßte ich meine alte Schule nach nur einem Halbjahr verlassen. Aber das stört mich nicht. Ein paar von den Mädchen sind zwar ganz nett, aber die meisten interessieren sich nur für irgendwelche Schlagerstars oder fürs Fernsehen."

Cindy wurde plötzlich still. Sie überlegte, wie es sein würde, wenn sie jeden Tag in dieses Gebäude ginge, ob sie durch seine Fenster auf dem Platz sehen könnte und ob sie sich hier genauso wohl fühlen würde wie seinerzeit an der Selswick-Schule.

Doch dann merkten sie, daß sie ziemlich durchgefroren waren. Es war kalt und auch schon recht spät. „Komm, wir gehn heim und machen uns eine heiße Schokolade", schlug Cindy vor.

„Ich sterbe vor Hunger!" gab Jenny unumwunden zu. „Und dabei hab' ich im Zug ein riesiges Freßpaket verputzt. Aber der Ausflug hierher hat sich ja wirklich gelohnt. Ich frage mich, wann deine Aufnahmeprüfung sein wird."

„Ich wäre froh, wenn ich es wüßte. Ich muß jedenfalls noch hart arbeiten. Miss Whiteway glaubt ja, daß ich gut bin. Aber ich hab' schließlich keinen richtigen Unterricht mehr gehabt seit letztem Juli."

Auf dem Heimweg nahmen sie den Bus. Sie kletterten aufs Oberdeck, und Cindy tat sich erneut als Fremdenführerin hervor. Jenny bewunderte gebührend die Ortskenntnis ihrer Freundin und ließ sich die Sehenswürdigkeiten erklären.

Ein dunstig-gelber Sonnenuntergang schien über London, und die Türme von Westminster schimmerten bläulich in der Dämmerung, als sie beim Parlament ausstiegen. Müde und erschlagen kamen sie daheim an.

Cindys Großmutter, Mrs. Chester – von ihrer Enkelin liebevoll „Ömchen“ genannt –, öffnete die Tür. „Ihr seht ja ziemlich kaputt aus, ihr zwei“, meinte sie. „Es war ein anstrengender Tag für dich, nicht wahr, Jenny?“

Während des Essens erzählte Jenny von daheim, und Mrs. Chester war froh, daß endlich einmal von etwas anderem die Rede war als von Ballett. Sie war der festen Überzeugung, daß es Cindy guttäte, eine Weile an etwas ganz anderes zu denken.

Am Abend, als die Mädchen sich in Cindys Zimmer zurückgezogen hatten, klopfte sie an die Tür und trat ein. Sie hielt etwas in der Hand.

„Cindy, ich wollte dir dies eigentlich schon am Neujahrstag geben, aber ich hab's in der ganzen Aufregung wohl vergessen. In letzter Zeit mußten wir so viele Dinge planen und besprechen – und ich hatte es gut versteckt, als wir hier einzogen. Ich hätte es fast selbst nicht mehr gefunden.“ Sie setzte einen kleinen schwarzen Kater aus Stoff auf Cindys Schreibtisch.

Cindy sah ihre Großmutter erstaunt an. Irgend etwas im Gesichtsausdruck Mrs. Chesters verwirrte sie.

Sie nahm das weiche kleine Stofftier in beide Hände. „Ist der aber süß! Wo hast du ihn her, Ömchen?“

„Er gehörte deiner Mutter“, sagte Mrs. Chester rasch. „Sie hat ihn in Deutschland gekauft, als sie dort einmal tanzte, und später ist sie nie ohne ihn irgendwohin gegangen. Sie hat ihn Tommi genannt.“

Jenny nahm das kleine Tier in die Hand und betrachtete es. Dann sagte sie leise und zögernd: „Aber Mrs. Chester, Ihre Tochter, sie – sie ...“ Jenny stockte. Sie wußte nicht, wie sie ihre Gedanken in Worte fassen sollte.

„Ich weiß, was du sagen möchtest, Jenny“, meinte

Mrs. Chester. Dann schwieg sie. Es war ihr anzusehen, daß sie um ihre Beherrschung kämpfte.

Eine Welle der Zuneigung erfaßte Cindy. Wie oft hatte sie ihre Großmutter fast schon gehaßt, weil sie ihr das Tanzen verboten hatte! Aber sie hatte ja nicht gewußt, was dahintergesteckt hatte …

Mrs. Chester war eine ruhige, fast schon verschlossene Frau. Gefühlsausbrüche, gleich welcher Art, mochte sie nicht. Und oft kritisierte sie Cindy für die impulsive Art, die das stille Mädchen manchmal an den Tag legte. Um so mehr ergriff es Cindy jetzt, die Großmutter so aufgewühlt zu sehen …

„In der Nacht, als sie nach der Vorstellung im Dominick-Theater nach Amerika abreiste, hat Betsy ihren Talisman vergessen. Man gab ihn mir später mit einigen anderen Sachen." Mrs. Chesters Stimme klang rauh.

Cindy schmiegte sich an sie. „Ach Ömchen! Sie ist ohne ihr Maskottchen weggefahren, und …"

„… und das Flugzeug ist abgestürzt. Das stimmt, aber fang deswegen bitte nicht an, abergläubisch zu werden, Cindy." Die Großmutter hatte sich offenbar wieder in der Gewalt.

„Ich werde ihn niemals hergeben", flüsterte Cindy. Für den Rest des Abends war sie ziemlich schweigsam.

Miss Whiteway hat Neuigkeiten

Am nächsten Morgen machte sich Cindy auf den Weg zu Miss Whiteway, um zu trainieren. Jenny hatte darauf bestanden, sie zu begleiten. Nein, so behauptete sie steif und fest, sie würde sich bestimmt nicht langweilen. Außerdem wollte sie schließlich sehen, ob ihre Freundin wirklich Fortschritte gemacht hatte.

„Du weiß ja, daß es mir nichts ausmacht, anderen Leuten bei der Arbeit zuzuschauen", grinste Jenny. „Hauptsache, es bleibt auch beim Zuschauen!"

Mrs. Chester schloß die Tür hinter den Mädchen und seufzte. Wie sehr hätte sie sich gewünscht, daß Cindy ihrer Freundin ein bißchen ähnlicher gewesen wäre! Sie konnte sich noch immer nicht ganz damit abfinden, daß ihre Enkelin um jeden Preis Tänzerin werden wollte.

Cindy ahnte nichts vom Kummer ihrer Großmutter und war bester Laune. Sie marschierte mit Jenny durch die klare Winterluft und war stolz darauf, ihrer Freundin die Stadt zeigen zu können. Als sie an der Margaretenkirche vorbeikamen, blieben sie stehen, denn es hatte offensichtlich gerade eine Trauung stattgefunden. Die Hochzeitsgesellschaft strömte aus dem Gotteshaus, und Jenny konnte sich vom Anblick der Braut gar nicht losreißen. „Sieht sie nicht wunderbar aus?" seufzte sie immer wieder.

Als sie Westminster Abbey erreichten, sagte Cindy: „Komm, wir gehen kurz hinein. Westminster muß man unbedingt gesehen haben!"

Cindy liebte diese großartige Kathedrale. Sie kam oft hierher, seit sie in London wohnte – besonders, wenn sie sich einsam fühlte.

Jenny schaute sich ehrfürchtig um. „Wie riesig sie ist!"

flüsterte sie. „Cindy, sieh nur, wie die Sonne durch die Fenster scheint. Und die Farben!“

„Ich glaube, die Weihnachtskrippe ist noch aufgebaut“, sagte Cindy leise. „Möchtest du sie sehen? Sie ist wunderschön!“

Tatsächlich, die Krippe war noch da. Die beiden Mädchen standen lange davor, jede in ihre Gedanken versunken.

„Ich frage mich, was wohl bis zum nächsten Weihnachtsfest alles geschehen wird“, sagte Cindy nachdenklich, als sie wieder in den Sonnenschein traten und ihren Weg fortsetzten.

„Ich freu' mich jetzt erst einmal auf den Frühling!“ meinte Jenny. „Es wäre doch schrecklich, wenn immer Winter wäre. Wenn erst die Bäume wieder blühen und die ersten Lämmer geboren werden und alles wächst ...“

„Du und dein Bauernhoffimmel!“ kommentierte Cindy spöttisch.

„Du und dein Ballettfimmel!“ gab Jenny gutmütig zurück.

Bald nachdem Cindy Adele Whiteway kennengelernt hatte, hatte Miss Whiteway ihr den Schlüssel zu ihrer Wohnung gegeben, damit Cindy auch trainieren konnte, wenn sie nicht zu Hause war. Miss Whiteways Nichte Lena lebte ebenfalls in der Wohnung. Sie war Elevin an der Dominick-Schule, aber Cindy wußte, daß Lena zur Zeit nicht in London war, denn sie verbrachte die Weihnachtsferien bei ihren Eltern in Lancashire.

Miss Whiteway war ebenfalls nicht daheim. Auf dem Tisch im Wohnzimmer lag ein Zettel, auf dem eine Notiz stand:

„Liebe Cindy, ich bin um halb zwölf wieder zurück. Warte auf mich. Ich habe wichtige Neuigkeiten.“

Cindy war ganz aufgeregt. „O Jenny! Das hat doch bestimmt etwas mit der Dominick-Schule zu tun! Vielleicht findet die Aufnahmeprüfung früher statt als vorgesehen ..."

„Wenn es soweit ist, dann solltest du besser mit dem Training anfangen", sagte Jenny trocken.

Während Cindy sich umzog, begutachtete Jenny das Studio. „Du lieber Himmel, Cindy – erinnerst du dich noch an das Studio, das meine Mutter für mich eingerichtet hatte? Jetzt wird es glücklicherweise wieder als Gästezimmer benutzt –"

„Ich habe gern dort trainiert", sagte Cindy und schlüpfte in ihren Gymnastikanzug.

„Mir tun jetzt noch die Knochen weh, wenn ich daran denke", knurrte Jenny und setzte sich ans Klavier. „Soll ich für dich spielen, Cindy? Ich weiß doch, was du hören möchtest." Sie klimperte zuerst ein bißchen und schlug dann eine Melodie an.

„Das wär' ja super, Jenny", meinte Cindy und drehte eine Pirouette. „Normalerweise benutze ich den Plattenspieler, aber mit Klaviermusik ist es viel einfacher – und schöner. Miss Whiteway hat das Piano hier reingestellt, weil sie gern für mich spielt. Und für Lena natürlich auch."

Eine Stunde lang strengten sie sich an, bis Cindy sich schnaufend auf den Boden fallen ließ. „Puh, das reicht fürs erste", japste sie.

„Es ist ja schon zwanzig vor zwölf!" rief Jenny überrascht. „Und ich dachte, wir hätten gerade erst angefangen." Sie ließ einen mächtigen Schlußakkord ertönen und klappte den Deckel zu. „Ich glaube, du bist echt gut, Cindy. Vor der Aufnahmeprüfung mußt du bestimmt keine Angst haben", sagte sie und stellte sich an der Stange auf, wie sie es vor Jahren gelernt hatte. „Übrigens – mir fällt gerade was ein, das hab' ich gestern völlig vergessen, dir zu erzählen: Daphne Danietys Familie zieht nach London, und sie wird versuchen, an eine Ballettschule zu kommen. Joy Kelly hat's mir gesagt. Na, wie findest du das?"

In diesem Moment drehte sich ein Schlüssel im Schloß, und die Wohnungstür wurde geöffnet. Miss Whiteway war offensichtlich zurück.

Cindy zog sich ihren roten Pulli über und fuhr sich mit einem Kamm durch die Haare. „Ich hoffe bloß, Daphne kommt nicht an die Dominick-Schule, wenn ich dort angenommen werde. Sie hat mich nie gemocht." Cindy schnitt eine Grimasse.

„Ach, mach dir darüber keine Sorgen. Ich wette, daß du ihr haushoch überlegen bist. Das warst du doch fast immer, oder?" Jenny grinste und machte einige komische Verrenkungen, die sehr entfernt an Cindys Übungen erinnerten.

Cindy lachte. „Ach Jenny – du bist einfach die Größte. Aber besser als du tanzt Daphne wahrscheinlich schon, meinst du nicht?"

„Vielleicht – ein bißchen", erklärte Jenny großzügig und machte die Tür hinter sich zu.

Sie begegneten Miss Whiteway im Flur. „Da seid ihr ja! Und dies ist also Jenny, das Mädchen, das nicht tanzen wollte?"

„Ganz recht. Ich möchte Bäuerin werden", sagte Jenny und schüttelte der eleganten Dame kräftig die Hand.

„Wie wär's mit einem kleinen Imbiß, oder eßt ihr schon bald zu Mittag?" Miss Whiteway ging ins Wohnzimmer voraus und lud die Mädchen ein, sich zu setzen.

Cindy war schon ganz zappelig. „Was gibt es denn

Neues, Miss Whiteway? Hat es etwas mit der Aufnahmeprüfung zu tun?"

„Richtig geraten! Aber warte noch, bis ich die Milch geholt habe. Dann erzähle ich dir alles."

Wenig später kam Adele Whiteway mit randvollen Gläsern und einem Teller Schokoladenkekse wieder zurück. Sie blickte in Cindys gespanntes Gesicht und lächelte. „Gemein von mir, dich so auf die Folter zu spannen. Es gibt aufregende Neuigkeiten, liebe Cindy, also laß dein Glas nicht fallen. Am achten Januar findet eine Aufnahmeprüfung statt."

Cindy wurde blaß und machte erschrockene Augen. „Aber Miss Whiteway, Sie haben doch gesagt, normalerweise gibt es keine Prüfung vor März!"

„Normalerweise! Aber die Umstände an der Dominick-Schule sind ein bißchen ungewöhnlich zur Zeit. Sie haben im hinteren Teil des Gebäudes einige Umbauten vorgenommen, die mehr Platz für die Garderobe bieten und einen neuen Übungsraum schaffen. Und alles ist bereits fertig, viel früher als urspünglich erwartet. Also haben sie sich entschlossen, ein paar Schüler mehr aufzunehmen. Ich habe ihnen von dir erzählt. Ich denke, du hast wirklich gute Chancen."

„Cindy, wie aufregend! Dann kann ich die Prüfung ja sogar noch miterleben!" Jenny strahlte übers ganze Gesicht und drückte ihrer Freundin ermutigend den Arm.

„Aber schon am achten!" seufzte Cindy, sichtlich in Panik. „Miss Whiteway, wird es auch gutgehen? Soll ich es wirklich versuchen? Ich habe in letzter Zeit so wenig gearbeitet ..."

„Natürlich mußt du es versuchen. Ich hoffe sehr, daß du angenommen wirst. Komm bis zur Aufnahmeprüfung jeden Morgen hierher, ich werde dir helfen, so gut ich kann. Ich bin sicher, Jenny hat nichts dagegen." Und sie lächelte Jenny an, die eifrig nickte.

Auf dem Heimweg sprach Cindy kaum ein Wort. Sie schien wie auf Wolken zu gehen. Am Mittagstisch saß sie vor ihrem Teller, stocherte in ihrem Gemüse herum und aß kaum einen Bissen.

Mrs. Chester wurde energisch. „Paß mal auf, Cindy. Wenn du zur Ballettschule gehen willst, dann mußt du als erstes lernen, auf deine Gesundheit zu achten. Du kannst nicht erwarten, gut zu tanzen, wenn du nichts ißt. Sie werden dich dort zuerst von Kopf bis Fuß untersuchen, nur daß du's weißt. Es weht dort ein anderer Wind als bei Miss Selswick –"

„Um Himmels willen! Wirklich?" Cindy war entsetzt.

„Aber sicher! Schon beim Vortanzen erkennt man ziemlich viel vom Körperbau. Aber wenn du überhaupt geeignet bist, werden sie dich auf Herz und Nieren prüfen. Und sie werden dich mit Sicherheit nicht nehmen, wenn sie davon ausgehen müssen, daß du der Belastung nicht gewachsen bist. Also beruhige dich wieder, und iß vernünftig. Und reg dich bitte um Gottes willen nicht so auf."

Jenny hatte die Szene aufmerksam beobachtet. „Weißt du, was", sagte sie jetzt, „wir gehn heute nachmittag ein bißchen raus. Wie wär's mit einem Ausflug in den Zoo? Das ist mal was anderes. Ich glaub', du kannst dringend ein bißchen Ablenkung gebrauchen."

Mrs. Chester lächelte dankbar. „Das ist wirklich eine gute Idee. Aber kommt bitte nicht zu spät heim. Wir gehen ins Konzert heute abend."

„Keine Sorge, Ömchen, der Zoo macht sowieso früh zu", sagte Cindy mit vollem Mund und gab sich alle Mühe, wenigstens den Nachtisch aufzuessen.

Sie halfen Mrs. Chester, den Tisch abzuräumen und das Geschirr zu spülen, und dann zogen sie los.

„Ich denke immer, ich müßte jeden Augenblick trainieren", sagte Cindy, als sie an der Kasse Schlange standen.

„Ach, Quatsch! Du kannst nicht die ganze Zeit tanzen. Das würde dir mehr schaden als nützen. Sieh dir jetzt lieber ein paar Tierballette an. Vielleicht kannst du hier sogar noch was lernen ..." Jenny lachte und puffte der Freundin in die Seite.

„Und du paß bloß auf, daß sie dich nicht hierbehalten, alter Affe", gab Cindy zurück, und damit war das Thema Ballett für die nächsten paar Stunden erledigt.

Doch als sie auf dem Heimweg im Bus saßen, fiel Cindy mit einem Schlag wieder die Prüfung ein. Sie spürte, wie sich ihr Magen zusammenkrampfte.

Wie könnte sie es ertragen, wie könnte sie weiterleben, wenn man sie an der Schule nicht haben wollte?

Beim Abendbrot war Cindy wieder recht schweigsam, aber sie bemühte sich immerhin, eine ordentliche Portion zu essen. Später gingen sie alle gemeinsam ins Konzert in der Festival-Halle. Es wurde ein schöner Abend.

Alles, was mit Musik oder Theater zu tun hatte, faszinierte Cindy. Die Welt der Schauspieler, Musiker und Tänzer – die Proben, das Lampenfieber und der Beifall des Publikums: All das war auch ihre Welt, sie spürte es ganz deutlich.

Nicht, daß sie erwartete, in den nächsten Jahren übermäßig viel Beifall zu bekommen. Sie machte sich keine Illusionen darüber, wie ihr Leben aussehen würde, wenn sie an die Dominick-Schule käme. Ihre Großmutter hatte es ihr oft genug in den düstersten Farben ausgemalt. Neben dem harten Training fand schließlich auch noch der normale Schulunterricht statt. Igor Dominick, der Gründer und Leiter der Schule, legte großen Wert darauf, daß seine Tänzer eine gründliche Ausbildung erhielten.

Sie fuhren erst ziemlich spät nach Hause, und Jenny war vom Anblick der glitzernden Stadt überwältigt. Auch Cindy liebte das nächtliche London, und sie geriet ins Träumen. Sie träumte von Musik, von prächtigen Theatern, von tosendem Applaus, vom Blitzlichtgewitter der Fotografen – „Cindy, aufwachen!" Die Stimme der Großmutter rief sie unsanft in die Realität zurück. „Los, aussteigen, wir sind da!"

Cindy wankte die Treppe zur Wohnung hinauf, umarmte Jenny und verschwand sofort in ihrem Zimmer. Sie warf sich aufs Bett, doch sie konnte nicht schlafen. Irgendwann stand sie auf, ging zu ihrer Kommode und holte Tommi aus einer Schublade. Sie betrachtete ihn lange. Sie dachte an jene lang zurückliegende Nacht, als Tommi in der Garderobe ihrer Mutter im Dominick-Theater liegenblieb. Er lag dort, als die Boeing über den Atlantik flog und Elizabeth Ivory vermutlich schlief. Cindy hoffte so sehr, daß sie geschlafen hatte, als das Flugzeug wie ein Stein in den Ozean stürzte –

Sie wußte, daß es keinen Sinn hatte, immer wieder über dieses schreckliche Ereignis nachzudenken. Und so schüttelte sie ihre Trauer ab und dachte an die Zukunft – ihre Zukunft.

Sie dachte an Miss Whiteway, die ihr helfen wollte und die so fest an sie glaubte. Sie dachte an die viele Arbeit, die jetzt auf sie zukam, an die Aufregung – und an das Glück, wenn sie es wirklich schaffen sollte, die Aufnahmeprüfung zu bestehen.

Es war früher Morgen, als sie endlich einschlief.

Die nächsten Tage verliefen alles andere als angenehm für Cindy. Sie war so angespannt, daß ihr nichts gelingen wollte. Sie fühlte sich steif und unbeholfen und mußte einige der Übungen, die sie sonst fehlerfrei absolvierte, unzählige Male wiederholen, ehe sie die Bewegungen beherrschte.

Sie sah müde und überarbeitet aus, und Adele Whiteway machte sich langsam Sorgen. „Warum bist du so verkrampft, Cindy? Denk doch auch ein bißchen an den Spaß dabei. Während der Aufnahmeprüfung mußt du die Leute, die dich beobachten, doch auch begeistern können. Wenn du dich jetzt überanstrengst, wird dir das kaum gelingen!"

„Wer wird denn dabeisein?" fragte Cindy nervös, als sie sich umgezogen hatte und die beiden im Wohnzimmer bei einer Tasse Tee saßen.

„Igor Dominick natürlich. Er ist der Direktor, wie du weißt. Sein Vater hat die Ballettkompanie gegründet, nachdem er aus Rußland emigriert war."

„Ist er der Direktor des gesamten Instituts?"

„Igor Dominick ist der Chef der Kompanie und der Privatschule. Die Ballettschule wird von Marianne Volonaise geleitet."

„Sie war doch mal Ballerina in der Dominick-Kompanie", sagte Cindy, die sich langsam ein bißchen entspannte.

„Allerdings. Sie ist eine sehr interessante Person. Auf den ersten Blick wirkt sie vielleicht ein bißchen unnahbar und streng – und manchmal kann sie wohl auch ziemlich wütend werden. Aber sie ist eine exzellente Lehrerin und vor allem ein guter Mensch. Also, keine Angst!"

„Wird sie auch an der Prüfung teilnehmen?"

„Natürlich. Und auch die Rektorin der Schule, Miss

Lane. Das gesamte Ballettpersonal ebenfalls. Und die medizinische Beraterin."

„Großmutter hat mir das auch schon erzählt. Ich hab' ein bißchen Bammel vor der Untersuchung."

„Sei unbesorgt", sagte Miss Whiteway und lächelte. „Du bist zwar ziemlich dünn, aber dafür auch ziemlich stark. Dein Rücken und deine Füße könnten nicht besser gebaut sein. Da fängst du schon mit einem ganz entscheidenden Vorteil an."

„Und was soll ich tanzen? Ich habe noch gar nichts einstudiert –" Cindy machte schon wieder ein verzweifeltes Gesicht.

„Ich glaube nicht, daß du einen Tanz einstudieren mußt. Die Prüfung ist wie die an der Königlichen Ballettschule. Es werden lediglich bestimmte Übungen verlangt. Und die trainieren wir ja gemeinsam."

„Werden viele Bewerber kommen?" wollte Cindy wissen.

„Nicht so viele wie sonst. Manchmal sind über hundert da. Aber dies ist ein Sonderfall. Es werden wohl dreißig oder vierzig kommen, und es gibt fünfzehn Plätze für die Kurse, die am Zwanzigsten beginnen."

Cindy erschrak. Dreißig oder vierzig Bewerber für nur fünfzehn Plätze! Es kostete sie große Mühe, nicht allen Mut sinken zu lassen.

Glücklicherweise gab es auch noch Jenny. In späteren Jahren dachte Cindy oft, daß sie die Zeit bis zur Prüfung ohne das heitere Geschnatter und die bodenständige Art ihrer Freundin gar nicht überstanden hätte. Jenny war – na ja, sie war eben Jenny: blond, rotwangig, warmherzig, voller Kraft und Lebensfreude. Jenny war Cindys Anker in einer bedrohlichen, aufregenden Welt.

Am Nachmittag des siebten Januar rief Mr. Chester zu

Hause an, um mitzuteilen, daß er vier Karten für die Vorstellung des Igor-Dominick-Balletts erstanden hatte.

„Ich weiß, daß wir Cindy sowieso nicht dazu bringen, an etwas anderes als Ballett zu denken, also kann sie sich ebensogut ein richtiges ansehen", sagte er abends zu seiner Frau.

„Wahrscheinlich hast du recht", seufzte Mrs. Chester. Es war schon elf Jahre her, seit sie zum letztenmal im Dominick-Theater gewesen war. Damals hatte ihre Tochter die Hauptrolle in einem berühmten Ballett mit dem Titel „Die bretonische Hochzeit" getanzt.

„Sie führen ein neues Ballett auf. Die Choreographie ist von Dominick persönlich. Und dann gibt es noch Szenen aus dem ‚Nußknacker'", berichtete der Großvater.

Cindy war begeistert. „Der Nußknacker" war eines ihrer Lieblingsstücke. „Ein besseres Ablenkungsmanöver hätte dir gar nicht einfallen können", strahlte sie und umarmte ihn.

Als sie am hellerleuchteten Haupteingang des Theaters vorfuhren, war selbst Jenny überwältigt von der festlichen Atmosphäre – von der prächtigen Wandelhalle, von den glänzenden Lüstern und den Damen in ihren Abendroben.

Jenny trug ein blaues Kleid und Cindy ein blütenweißes, dazu ein kleines scharlachrotes Cape und einen roten Gürtel. „Du siehst phantastisch aus", flüsterte Jenny ihr zu, als sie die Treppe hinaufgingen. „Neben dir komme ich mir vor wie ein Hefekloß."

„Red keinen Blödsinn", sagte Cindy und drückte ihrer Freundin die Hand. „Du bist genau richtig, so wie du bist. Kapiert?" Und damit begaben sie sich zu ihren Plätzen.

Cindy atmete die warme Luft des gewaltigen Theaters

ein und spürte das Glücksgefühl in sich aufsteigen, das sie immer bei solchen Gelegenheiten ergriff. Theater – ja, nur hier war sie wirklich lebendig, nur hier war ihre Welt. Ihr Herz klopfte. Sie konnte es kaum erwarten, bis der Vorhang sich heben, bis das Licht sich verdunkeln und die Musik einsetzen würde ...

„Mutti wird sich freuen, wenn sie erfährt, daß ich Catherine Colby gesehen habe", bemerkte Jenny, während sie das Programmheft studierte. „Sie ist die Spitzenballerina hier, nicht wahr?"

„Auf den Bildern, die ich von ihr gesehen habe, sieht sie reizend aus", sagte Cindy. „Sie ist sehr klein, glaube ich."

„Es ist schon eigenartig, wieder einmal hier zu sein", flüsterte Mr. Chester seiner Frau zu.

Sie nickte, aber sie sah sehr ernst aus. „Ich frage mich, ob wir Cindy jemals hier auf dieser Bühne tanzen sehen werden."

Mr. Chester nahm ihre Hand. Er wußte, woran seine Frau jetzt dachte. „Man kann es nicht wissen. Aber es wird bestimmt noch einige Zeit dauern."

„Mindestens vier Jahre. Aber möglicherweise bekommt sie zwischendurch mal eine Statistenrolle. Im Moment ist sie allerdings noch nicht einmal an der Ballettschule –" Mrs. Chester mußte über ihre eigenen Träumereien lächeln.

Cindy ihrerseits hatte die Prüfung völlig vergessen. Als die Musik begann, waren ihre Gedanken auf der Bühne, und in ihrer Phantasie bewegte sie sich zusammen mit den tanzenden Figuren.

In der Pause war sie sehr schweigsam, und es war Jennys Aufgabe, sich mit Mr. und Mrs. Chester zu unterhalten.

Cindy hatte den „Nußknacker“ noch nie auf der Bühne gesehen, und ihr Herz schlug vor Freude, als sich nach der Pause der Vorhang hob und die fröhlich-bunte Festszene erschien. Man sah die kleine Clara in einem rosa Kleidchen, ihre Eltern und ihren Bruder, der ein richtiger Quälgeist war. Die kleine Clara hatte ihr glattes, hellbraunes Haar mit einem blauen Band zusammengebunden. Die Tänzerin wirkte sehr jung und lieblich. Sie sah wirklich wie ein Kind aus, und Cindy war hingerissen.

Wie wunderbar es doch sein mußte, als so junges Mädchen mit einer so berühmten Kompanie aufzutreten!

Eines Tages werde ich an ihrer Stelle sein, dachte Cindy. Eines Tages werde ich auf dieser Bühne tanzen, und mein Name wird im Programmheft stehen.

Doch dann packte sie wieder die Angst: die Prüfung, schon morgen ... Antreten gegen dreißig oder vierzig andere, die dasselbe wollten wie sie ...

„Wenn ich bei der Dominick-Schule nicht ankomme, vielleicht kann ich doch woanders hingehen“, sagte sie auf der Heimfahrt zu Jenny.

Jenny nahm ihre Hand. Sie war eiskalt.

„Du wirst zur Dominick-Schule gehen. Das spüre ich in meinen Knochen, und du weißt, meine Knochen lügen nie!“

Der Warteraum

Zu ihrer eigenen Überraschung hatte Cindy tief und fest geschlafen. Es war schon acht Uhr, als sie an jenem hellen, frostigen Januarmorgen aufwachte. Obwohl Mrs. Chester sie ermunterte, ein ordentliches Frühstück zu sich zu nehmen, konnte sie nur sehr wenig essen.

„Ich kann nicht, Ömchen! Mir wird sonst schlecht."

„Na gut, dann nimm dir wenigstens ein paar Kekse und Schokolade mit. Du wirst wahrscheinlich stundenlang warten müssen. Ich wünschte, die ganze Sache wäre schon vorbei", sagte Mrs. Chester.

„Da geht's dir genau wie mir", meinte Cindy und rannte in ihr Zimmer, um sich anzuziehen. Sie vergewisserte sich noch einmal, ob sie alles dabeihatte, Trikot, Ballettschuhe, ein Handtuch – und natürlich Tommi.

„Ich hoffe, du erkältest dich nicht", bemerkte Mrs. Chester. „Aber da wird bestimmt gut geheizt. Also tu dein Bestes, Cindy. Und wenn du nicht angenommen wirst, schauen wir uns nach einer anderen Schule um. Die Dominick-Schule ist nicht der einzige Ort in London, wo man Ballett lernen kann."

„Aber sie müssen mich einfach nehmen!" rief Cindy aufgebracht. Ihre Großmutter seufzte und sagte nichts weiter. Manchmal konnte sie es kaum fassen, daß zwei so normale Menschen wie sie und ihr Mann eine große Ballerina wie Elizabeth Ivory und ein dermaßen nervöses, hochsensibles Kind hervorgebracht haben sollten, das ebenfalls seit frühester Jugend dem Ballett verfallen war.

Nachdem sie Cindy und Miss Whiteway zum Fahrstuhl begleitet hatte, machte sie sich an die Hausarbeit. Dabei fragte sie sich nicht zum erstenmal, was passieren würde, wenn Cindy schließlich doch nicht in der Lage wäre zu tanzen. In den nächsten Jahren konnten so viele Faktoren eine Rolle spielen: die Körpergröße, schlechte Gesundheit – oder die bloße Tatsache, daß Cindy einfach nicht genug Talent hatte. Höchstwahrscheinlich bestand kein Anlaß, sich um Cindys Körpergröße Sorgen zu machen, denn es gab keine Anzeichen dafür, daß sie übermäßig in die Höhe schießen würde. Aber sie war sehr zart, und früher war sie sehr anfällig gewesen. Und was das Talent betraf – das würde sich erst mit der Zeit herausstellen. Mrs. Chester wußte, daß Cindys Anfang verheißungsvoll war, aber wer konnte schon in die Zukunft schauen?

Jenny, die noch beim Frühstück saß, hatte Mrs. Chester beobachtet. „Sie denken an Cindy, nicht wahr?" fragte sie jetzt.

„Manchmal glaube ich, es wäre mir lieber, wenn sie ein Mädchen wäre wie jedes andere", sagte Mrs. Chester nachdenklich. „Was soll aus ihr werden, wenn sich herausstellt, daß sie nicht Tänzerin werden kann? Daß sie einen ganz normalen Beruf ergreift wie Krankenschwester oder Lehrerin – das kann ich mir kaum noch vorstellen. Aber vielleicht könnte sie wenigstens Ballettlehrerin werden ..."

„Ich glaube nicht, daß ihr das gefallen würde", meinte Jenny. Sie kannte ihre Freundin gut genug, um zu wissen, daß sie sich damit niemals zufriedengeben würde.

„Es wäre immerhin das Zweitbeste", erwiderte Mrs. Chester.

„Ja, aber es ist nicht das, was sie will. Sie will unbedingt zum Theater."

„Sie ist doch eigentlich noch viel zu jung, um zu wissen, was sie will", entgegnete Mrs. Chester unwirsch. Doch es war ihr natürlich klar, wie unrecht sie damit hatte. Es tat ihr auch sofort leid, daß sie Jenny angefahren hatte. Deshalb sagte sie versöhnlich: „Komm, wir beide gehen jetzt zusammen einkaufen. Es hat wenig Sinn, zu Hause zu hocken und auf Neuigkeiten von Cindy zu warten. Sie hat ja versprochen anzurufen, sobald es etwas Neues gibt. Aber das kann noch Stunden dauern!"

Unterdessen bestiegen Cindy und Adele Whiteway einen Bus. Mrs. Chester hatte den beiden vorgeschlagen, ein Taxi zu nehmen, aber Miss Whiteway war dagegen gewesen. Es sei besser für Cindy, einen Teil des Weges mit dem Bus zurückzulegen und dann zu Fuß zu gehen. „Das wird sie ein bißchen ablenken, und die frische Luft wird ihr guttun", meinte sie.

Es war ein bitterkalter Morgen. Die Sonne schien, doch es blies ein schneidender Ostwind. Viele Leute hatten die Mütze tief ins Gesicht und den Schal bis über die Nase gezogen.

Adele Whiteway beobachtete ihren Schützling. Cindy sah beinahe noch kleiner aus als sonst. Ihre Augen glänzten fiebrig, und ihre Wangen waren ganz blaß.

„Geht es dir gut, Cindy?"

„O ja, danke, Miss Whiteway", antwortete Cindy und lächelte unsicher.

Es ging ihr tatsächlich gut, aber sie hatte das eigenartige Gefühl, nicht sie selbst zu sein. Alles um sie herum erschien ihr klarer und intensiver als sonst.

Vor ihr trug jemand einen großen Strauß gelber Blumen, deren Geruch sie fast umwarf. Ihr Bauch war leer, ihre Hände eiskalt, und dennoch war sie glücklich. Bald hatte sie alles überstanden, und bis Mittag würde sie bestimmt wissen, was das Schicksal mit ihr vorhatte.

Plötzlich brach es aus ihr heraus: „Miss Whiteway,

waren Sie auch so aufgeregt, als Sie zur Aufnahmeprüfung gingen? Wissen Sie das noch?"

Adele Whiteway war fast dreimal so alt wie Cindy, und die Zeit, als sie zwölf war, schien so weit zurückzuliegen. Trotzdem war ihr jener Morgen, der Tag ihrer Aufnahmeprüfung an der Dominick-Schule, so gegenwärtig, als sei es gestern gewesen. Damals war die Schule ganz neu und hatte nicht den Ruf, den sie heute genoß, und sie wollte eigentlich an die Königliche Ballettschule gehen. Aber ihre Tanzlehrerin bewunderte den alten Igor Dominick, und sie legte besonderen Wert darauf, daß ihre Schüler den Kern des Unternehmens am Red Lion Square bildeten.

Adeles Prüfung fand Ende Mai statt. Sie hatte höllische Zahnschmerzen und dazu auch noch eine Erkältung. Sie wünschte es sich beinahe, nicht angenommen zu werden, denn dann konnte sie es noch einmal bei der Königlichen Ballettschule versuchen, so hoffte sie.

Sie tanzte nicht gut, fiel prompt durch und wurde später tatsächlich Elevin an der Königlichen Ballettschule, wie sie es sich gewünscht hatte. Es dauerte dann ein paar Jahre, bevor sie wieder Kontakt zur Dominick-Schule bekam. Nur wenige Monate vor Elizabeth Ivorys Tod war sie Mitglied der Dominick-Ballettkompanie geworden, tanzte dann Jahr für Jahr wichtigere Rollen. Doch dann geschah der Unfall, der zum Ende ihrer Karriere führte.

„Ja, natürlich erinnnere ich mich", sagte sie schließlich nachdenklich. „Einen solchen Tag vergißt man nicht. Auch du wirst dich ein Leben lang daran erinnern – gerade du, Cindy. Du bist sehr sensibel, sensibler wahrscheinlich als die meisten Menschen. Es gibt sicher viele, die solche Ereignisse gleichmütiger hinnehmen. Aber du solltest das nicht bedauern. Es ist ja gerade diese Feinfühligkeit, die allein zu großen künstlerischen Leistungen befähigt."

Cindy seufzte. „Vielleicht haben Sie recht. Aber manchmal ist es schrecklich. Oft wünschte ich, ich wäre mehr wie Jenny."

Als sie aus dem Bus stiegen und Richtung Red Lion Square liefen, sagte Cindy nichts mehr. Sie ging wie im Traum. Vor ihr tauchten verschwommen die Gesichter der Passanten auf und verschwanden wieder. Der Verkehr dröhnte; ein Zeitungsverkäufer schrie so laut in ihr Ohr, daß sie erschrocken zur Seite sprang; eine Katze schlich über den Bürgersteig.

Als Cindy sie sah, mußte sie an Tommi denken. Sie war so froh, daß er bei ihr war. Sie hatte nicht vor, ihn herumzuzeigen und mit ihm zu prahlen, aber es war doch gut zu wissen, daß er in ihrer Tasche hockte.

Nach dem dröhnenden Verkehr der Hauptstraße erschien ihr der Red Lion Square seltsam ruhig.

„Kommen wir auch nicht zu spät?" fragte sie ängstlich.

„Aber nein. Die Prüfung fängt zwar um neun Uhr an, aber sie nehmen die Jungen und Mädchen nach Altersgruppen dran und haben mit den jüngsten angefangen. Es hätte wenig Sinn gehabt, so früh schon herzukommen. Du wirst auch so noch lange genug warten müssen."

Als Cindy die riesige Eingangshalle betrat, klopfte ihr Herz bis zum Hals. Es roch nach Bohnerwachs und Heizungsluft. In der Mitte der Halle saß eine Frau, die die Neuankömmlinge in eine Liste eintrug. Mrs. Whiteway begrüßte sie vertraut und nannte ihr Cindys Namen.

Cindy blieb wie versteinert vor einem großen Portrait stehen: Es zeigte Elizabeth Ivory in ihrer letzten Rolle. Darunter war in einem Glaskasten ein Paar Ballettschuhe ausgestellt.

Es erschütterte Cindy, so plötzlich vor dem Abbild ihrer Mutter zu stehen. Es erschien ihr immer noch unglaublich, daß sie so eng mit der großen Ivory verbunden war.

„Unsere größte Tänzerin!“ sagte die junge Frau an dem Tisch, als sie Cindy gebannt auf das Bild starren sah. „Sie kam zu uns, als sie noch jünger war, als du jetzt bist.“

„Ja, ich weiß“, murmelte Cindy verwirrt und folgte Miss Whiteway in den Warteraum.

Sie setzten sich neben einen Heizkörper, und Cindy versuchte, ihre eiskalten Hände daran aufzuwärmen. Sie schaute sich neugierig um. Neben ihr saß eine füllige Frau mit einem sympathischen Gesicht, die auf ein blasses Mädchen einredete.

„Mach doch keinen Unsinn, Rose. Du kannst jetzt nicht krank werden. Du würdest uns alle blamieren, wenn du jetzt krank wirst. Im Ernst.“

„Aber Mutti, mir ist wirklich übel. Ich kann doch nichts dafür.“

„Sie hat letzte Nacht kein Auge zugemacht“, sagte die füllige Frau über Cindys Kopf hinweg zu Miss Whiteway, die mitleidig lächelte.

Cindy betrachtete das feingliedrige Mädchen, das in seinem altmodischen, abgeschabten Hosenanzug so unscheinbar wirkte. Rose hatte ein hübsches, freundliches Gesicht und intelligente Augen. Cindy fühlte sich gleich zu ihr hingezogen.

Sie wurde nachdenklich. Geldsorgen hatte sie selbst niemals gekannt. Ihre Großeltern lebten nicht im Luxus – aber Cindy wußte, daß sie keineswegs unvermögend waren. Sie hatte sich nie Gedanken darüber machen müssen, wieviel ihre Ausbildung eigentlich kostete. Die

Igor-Dominick-Schule war ein exklusives Institut und das Schulgeld entsprechend hoch. Als sie Rose ansah, wurde Cindy klar, daß es Familien gab, denen es nicht so gutging wie der ihren. Daß es Eltern gab, denen es sehr schwerfiel, ihren Kindern eine so kostspielige Erziehung zu ermöglichen.

Roses Gesicht wurde immer grüner. Cindy sprang auf und setzte sich neben sie. „Nimm's nicht so schwer", sagte sie. Du wirst sehen, es ist bestimmt halb so schlimm!" Es tat ihr gut, der anderen Mut zu machen.

Als Rose sie beklommen anlächelte, sagte sie: „Ich bin Cindy Adams. Und du heißt Rose, nicht wahr?"

„Ich bin Rose Conway. Wir wohnen in Earl's Court", antwortete Rose, die ganz langsam wieder ein bißchen Farbe bekam. „Und wo wohnst du?"

„In Westminster. Aber früher hab' ich in Warwickshire gelebt." Cindy versuchte, ein möglichst optimistisches Gesicht zu machen. „Wir schaffen es alle beide! Was wollen wir wetten?"

„Ich sterbe, wenn sie mich nicht nehmen", antwortete Rose.

„Mir ist es piepegal, ob sie mich nehmen oder nicht", mischte sich plötzlich ein Junge in das Gespräch, der neben Rose saß. „Das will doch sowieso nur meine Mutter. Ich würde viel lieber fliegen, wenn ich älter bin."

„Halt den Mund, Bill!" sagte eine gutgekleidete Frau, die seine Mutter zu sein schien. „Du zeigst viel Talent, das weißt du selber. Und denk an Nijinski und Nureyev."

„Ich denke lieber an große Testpiloten", antwortete Bill, der sich ein Kaugummi in den Mund steckte und anfing, mürrisch darauf herumzukauen, wobei er den mißbilligenden Gesichtsausdruck seiner Mutter ignorierte.

Trotz des merkwürdigen Gefühls in ihrem Bauch, fing Cindy an, sich wohler zu fühlen. Die Leute hier waren so interessant! Sie konnte Bill gut leiden, auch wenn sie bedauerte, daß er sich nicht fürs Ballett interessierte. Er würde gut zu Jenny passen! dachte sie.

In der Ferne konnte man Klaviermusik hören, und alle paar Minuten wurde jemand aufgerufen.

„Das ist hier ja schlimmer als beim Zahnarzt!“ sagte Roses Mutter. „Ich bin so aufgeregt, als ob ich die Prüfung selbst machen müßte!“

Ein hübsches Mädchen kam herein, das einen sehr gelassenen Eindruck machte.

Sie hatte lange, rötlichbraune Haare und grüne Augen, die sehr hochmütig in die Runde blickten. Sie zog ihren dunkelblauen Mantel aus, dem man ansah, wie teuer er gewesen war, und übergab ihn ihrer Begleiterin.

„Wie viele Leute hier doch sind“, bemerkte sie angewidert und ließ sich betont lässig in einen Stuhl fallen. „Ich hoffe, wir müssen nicht zu lange warten.“

„Sei still, Queenie!“ sagte ihre Begleiterin.

„Warum sollte ich still sein? Sei doch nicht so ein Angsthase, Schmidtchen! Ich wünschte, meine Mutter hätte mitkommen können. Dann müßte ich wohl kaum hier sitzen und warten.“

„Queenies Mutter war früher Mitglied in der Igor-Dominick-Kompanie“, erklärte „Schmidtchen“ allen Anwesenden.

„Sie hieß Beryl Bertram und tanzte viele Hauptrollen“, fügte das Mädchen hinzu. „Und jeder sagt, daß ich ganz nach ihr komme. Die nehmen mich hier ganz bestimmt. Meine Mutter sagt, die wären ganz verrückt darauf, die Tochter der Bertram zu bekommen.“

Diese Bekanntmachung war so etwas wie eine

Sensation für die Wartenden, und Queenie schien es sichtlich zu genießen.

„Die war doch gar keine richtig große Ballerina", flüsterte Rose Cindy zu. „Die hat nur ganz wenige Hauptrollen getanzt. Das hab' ich gelesen."

„Ich auch", stimmte Cindy zu. „Liest du viele Ballettbücher?"

„Ich glaub', ich hab' alle gelesen", antwortete Rose, und sie lächelten sich ganz vertraut an.

Cindy konnte Queenie nicht ausstehen, das spürte sie schon jetzt, nach diesen wenigen Augenblicken. Andererseits beneidete sie das Mädchen um ihre Selbstsicherheit. Aber wieviel mehr Grund hätte sie selbst gehabt, so arrogant aufzutreten! Einen kurzen Moment lang packte sie die Versuchung, sie hätte am liebsten geschrien: „Und meine Mutter war Elizabeth Ivory!"

Doch sie rief sich blitzschnell zur Ordnung. Hatte sie sich nicht geschworen, ihr Geheimnis für sich zu behalten, bis sie sich bewährt hatte?

Nein, ich werde nichts sagen, dachte Cindy. Ich werde Mutters Namen nicht benutzen, um vorwärtszukommen. Und wenn ich schlecht bin, dann wird niemand erfahren, daß die Tochter der Ivory versagt hat!

Adele Whiteway beobachtete ihren Schützling und lächelte. Wenn sie wüßte, wie ähnlich sie ihrer Mutter ist, dachte sie. Sie konnte sich gut vorstellen, was jetzt in Cindy vorging. Es würde sicher immer wieder Situationen geben, wo es schwer sein würde zu schweigen. Aber Adele Whiteway wußte, daß Cindy zu ihrem Wort stand. Elizabeth wäre stolz auf ihre Tochter gewesen, dachte sie und drückte Cindys Hand.

Cindy sprang plötzlich auf wie von der Tarantel gestochen. Die Tür hatte sich geöffnet, und zwei altbekannte Personen traten ein. Die eine war eine blasse Frau und die andere ein blondes, zwölfjähriges Mädchen.

„Daphne Daniety!“ rief Cindy. In diesem Moment entdeckte Daphne sie. Sie ging durch den ganzen Raum zu Cindy hinüber, sah aber nicht gerade begeistert aus.

„Hallo, Cindy! Was machst du denn hier? Ich dachte, du hättest das Tanzen aufgegeben.“

Sie beäugten sich gegenseitig. Teils waren sie froh, an einem unbekannten Ort ein bekanntes Gesicht zu sehen, teils erinnerten sie sich an ihre alte Rivalität. Denn an der Selswick-Schule in Willerbury waren sie nicht gut miteinander ausgekommen, und Daphne war auf Cindy sehr eifersüchtig gewesen.

„Als wir nach London gezogen sind, hab' ich zuerst nicht viel getanzt“, erläuterte Cindy. „Aber jetzt werde ich wieder richtig lernen.“

„Genau wie ich. Ich habe an der Selswick-Schule aufgehört. Die ist zwar besser als die meisten Tanzschulen in der Provinz, aber mit den berühmten Schulen in London nicht zu vergleichen. Deshalb hat mich meine Mutter zu dieser Sonderprüfung hier geschickt. Wenn ich bestehe, werde ich bei meiner Tante wohnen, bis meine Eltern im März nach London ziehen. Ich dachte schon, wir würden zu spät kommen: Zuerst haben wir kein Taxi gekriegt, und dann waren auch noch alle Ampeln auf Rot.“

Mit dieser Bemerkung ging sie zu ihrer Mutter hinüber. Cindy spürte, wie die Anspannung wieder in ihr hochkroch. Eine weitere Gruppe von vier Mädchen und einem Jungen wurde aufgerufen. Ein paar andere kamen zurück.

Eine Mutter berichtete ganz bekümmert, daß ihre Tochter abgelehnt worden war. „Sie haben gemeint, daß ihre Füße nicht in Ordnung sind und daß aus ihr nie eine

Tänzerin wird. Ich glaube, die wissen gar nicht, wovon sie reden. Ich werde mit ihr zur Königlichen Ballettschule gehen, die ist sowieso viel besser."

Die Tochter, ein mageres kleines Mädchen, war den Tränen nahe. Cindy wurde ganz übel, als sie das arme Kind sah. Wie schrecklich es sein mußte, abgelehnt zu werden! Und doch würde sich mindestens die Hälfte der Anwesenden damit abfinden müssen.

Die Zeit schien stillzustehen. Miss Whiteway bestand darauf, daß Cindy ein paar Kekse aß, aber Cindys Mund war so trocken, daß die Krümel ihr im Hals steckenblieben. Würde sie denn nie drankommen?

Sie döste vor sich hin, als Miss Whiteway sie sachte anstieß. „Geh und zieh dich um, Cindy. Und nimm Rose mit."

Cindy, Rose, Queenie und der flugbegeisterte Junge namens Bill gingen gemeinsam hinaus. Cindys Finger waren kalt und klamm. Aber als sie ihr Trikot anhatte und ihre Haare zurückgesteckt waren, ging es ihr besser. Während sie auf Rose wartete, machte sie ein paar Übungen. Jetzt konnte es nicht mehr lange dauern. Sie trank einen Schluck Wasser, und das tat ihr gut.

Aber als schließlich ihr Name aufgerufen wurde und sie mit Miss Whiteway in das große Studio ging, waren ihre Knie ganz weich. Jetzt war der alles entscheidende Augenblick gekommen!

Die Aufnahmeprüfung

An das, was nun folgte, konnte sich Cindy später nicht mehr genau erinnern. Das Studio war hell und warm, und an einem Ende saßen eine Menge Leute. Aber etwas blieb ihr klar im Gedächtnis, und das war der Eindruck von Igor Dominick als einem stattlichen, imponierenden Mann. Er war eigentlich nicht besonders groß, aber er wäre überall aufgefallen. Er hatte dichtes, graumeliertes Haar, eine hohe Stirn und strahlend blaue Augen. Seine Stimme klang entschlossen, aber sehr angenehm.

„Ist dies das Kind, Adele?" fragte er. „Cindy Adams, zwölf Jahre und drei Monate alt. Ja."

Cindy fand sich an der Stange wieder, und als sie eine Hand darum geschlossen hatte, vergaß sie alles außer ihren vertrauten Übungen. Sie blickte nicht einmal zu der Gruppe der Beobachter hin.

Sie dachte an Miss Selswick, die sie all dies gelehrt hatte. Ihre Hände fühlten sich wieder warm an, ihr Körper wurde plötzlich locker und gehorchte ihr wie schon lange nicht mehr.

Es war wie ein Schock, als eine helle, melodische Frauenstimme plötzlich sagte: „Vielen Dank, meine Liebe. Das ist genug. Komm bitte hierher."

Sie ging langsam und schüchtern in die Ecke und wurde unter den vielen fremden Augen immer kleiner. Sie wußte, daß die dunkelhaarige Frau in dem roten Kostüm Marianne Volonaise sein mußte.

Man stellte ihr verschiedene Fragen, und sie versuchte, sie zu beantworten, so gut sie konnte.

„Warum möchtest du an diese Schule kommen, Cindy?"

„Weil ..." Cindy zögerte. Warum wollte sie es eigentlich? „Weil ich furchtbar gern eine gute Tänzerin werden möchte."

„Weißt du, daß die Arbeit mit der Zeit immer härter wird? Und daß du später kaum noch Freizeit haben wirst?"

„Ja, das weiß ich. Das macht mir nichts aus. Ich will nur tanzen."

„Aber du mußt auch noch andere Dinge lernen. Magst du Musik?"

Cindys Gesicht strahlte. „Ich liebe Musik. Eigentlich jede Art. Am liebsten natürlich Ballettmusik und Mozart und Beethoven. Wir gehen oft ins Konzert."

„Und wie steht es mit den bildenden Künsten?"

Cindy schaute verdutzt. Was hatte denn das mit Ballett zu tun?

„Das alles gehört auch zum Ballett, weißt du?" erklärte Igor Dominick. „Malerei, Musik, Schauspiel –"

„O ja, ich verstehe. Ich liebe Farben und Licht und Bühnenbilder. Miss Whiteway hat mir ihre Entwürfe für neue Ballette gezeigt." Cindy wurde schon etwas ungezwungener.

„Das genügt, Cindy. Warte bitte an der Tür."

Cindy durchschritt den langen Raum. Sie wußte nicht, daß man ihre Haltung beobachtete. Ihr Gesicht war ganz heiß, und sie fragte sich, ob sie sich sehr dumm angestellt hatte! Das Bühnenbild war so wichtig, auch die Farben der Kostüme. Wahrscheinlich wußte Queenie Rothington alles über Kunst.

Miss Whiteway war aufgestanden und kam auf sie zu. „Komm mit nach draußen, wir müssen warten. Ich glaube nicht, daß es noch lange dauern wird."

„Miss Whiteway, war ich schlecht? Wird es klappen?" fragte sie.

„Du warst ziemlich gut. Nur keine Angst! Sie scheinen der Meinung zu sein, daß du vielversprechend bist, auch wenn du selbstverständlich noch einen langen Weg vor dir hast."

Cindy fühlte sich plötzlich ganz schwach. Die Nervenanspannung hatte nun schon so lange angedauert. „Ach, Miss Whiteway!"

„Freu dich doch! Das Schlimmste ist vorbei. Jetzt machen wir erst mal Pause. Es gibt hier eine kleine Kantine, da gehen wir jetzt hin und essen ein Stück Kuchen. Na, was hältst du davon?"

In der gelbgestrichenen Kantine saßen mehrere Eltern mit ihren Kindern an kleinen, grünen Tischen. Daphne, die vor Cindy an der Reihe gewesen war, und auch Rose und Queenie warteten hier. Aber von Bill war nichts zu sehen.

„Er ist schon weg", sagte Rose, die jetzt ziemlich entspannt wirkte. „Er hat ihnen gesagt, daß er sich für Ballett überhaupt nicht interessiert. Seine Mutter war vielleicht wütend!"

„Nicht schlecht!" meinte Cindy anerkennend. „Ich weiß nicht, wie er sich das getraut hat. Ach, Rose, glaubst du, daß alles gutgeht?"

„Sie haben gesagt, daß Rose noch ärztlich untersucht werden muß. Sie sind nicht sicher, ob sie kräftig genug ist", schaltete sich Roses Mutter ein „Kräftig! Sie ist so stark wie ein Pferd, auch wenn man's ihr nicht ansieht."

Cindy trank einen heißen Tee mit viel Milch und Zukker und versuchte, Queenies durchdringendes Organ zu überhören.

„Ich wollte für sie einen richtigen Tanz hinlegen, aber Marianne Volonaise sagte, das sei nicht nötig. Sie könnte auch so sehen, daß ich die geborene Tänzerin bin."

Das paßte gar nicht zu der ziemlich zurückhaltenden Miss Volonaise, aber die meisten Leute glaubten, was Queenie von sich gab. Schließlich war sie ja die Tochter von Beryl Bertram …

Es war halb zwei, als Cindy und Miss Whiteway in die Kälte des Red Lion Squares traten. Cindys Traum war in Erfüllung gegangen. Vom zwanzigsten Januar an würde sie Elevin der Igor-Dominick-Schule sein. Sie war so froh, daß sie auf der Stelle tanzen wollte.

„Miss Whiteway, ich muß sofort telefonieren! Großmutter und Jenny werden denken, wir sind verlorengegangen. Ach, Miss Whiteway, es ist so wunderbar!"

„Es ist sehr befriedigend", stimmte Adele Whiteway zu und wartete geduldig, während Cindy ihrer Großmutter Bericht erstattete.

Dann winkten sie einem Taxi und wurden in Windeseile nach Westminster gefahren. Miss Whiteway blieb noch zum verspäteten Mittagessen, und Cindy erzählte haarklein, was sie erlebt hatte.

„Und Rose hat es auch geschafft. Ich bin so froh darüber, denn sie ist sehr nett. Ihre Tante wird die Hälfte ihres Schulgelds zahlen"

„Ihre Eltern können es sich wohl nicht leisten?" fragte Mrs. Chester geringschätzig. Sie legte sehr viel Wert auf die Wahrung „gesellschaftlicher Grenzen", wie sie es nannte – obwohl sie wußte, daß die Zeiten sich längst geändert hatten und daß viele Leute heute ganz anders dachten.

„Sehr reich sind die Conways nicht, glaube ich", antwortete Cindy vorsichtig. „Aber Rose ist unheimlich lieb, Ömchen. Sie wird dir gefallen."

Mrs. Chester seufzte. Sie wußte, daß Cindy mit den

verschiedensten Menschen zusammentreffen würde und sich ihre eigene Meinung über sie bilden mußte. Schon an der Selswick-Schule hatte es Schülerinnen gegeben, die ihr nicht gefallen hatten, doch sie wußte auch, daß ihre Enkelin ein gutes Gespür für Menschen hatte. Also beschloß sie, dieses Mädchen mit dem Namen Rose so schnell wie möglich kennenzulernen.

„Und dann war da Queenie Rothington. Beryl Bertram ist ihre Mutter."

Mrs. Chester lachte, als sie Cindys klagenden Tonfall hörte. „Ich schätze, du magst sie nicht?"

„Die hat vielleicht angegeben. Sie hat immer nur geprahlt, wie toll ihre Mutter war, als sie noch in der Dominick-Kompanie tanzte."

„Und du hast nichts dazu gesagt?" fragte Mrs. Chester amüsiert.

„Kein Wort. Aber es ist mir ziemlich schwergefallen", gab Cindy zu. „Die wär' auf der Stelle tot umgefallen, wenn ich gesagt hätte, wer *meine* Mutter war! – Daphne Daniety ist übrigens auch aufgekreuzt. Sie hat nicht so ausgesehen, als würde sie sich besonders freuen, mich zu sehen. Sie hat auch bestanden."

Jenny lachte. „Sie hat dich immer gehaßt, weil du die Rolle im ‚Feenkind' bekommen hast und dann auch noch das Schneewittchen beim Sommerfest tanzen durftest."

„Das war doch nicht meine Schuld. Sie hätte als Schneewittchen ziemlich doof ausgesehen. Aber es hat mir leid getan, daß sie sich soviel daraus gemacht hat."

„Nun gut", sagte Mrs. Chester. „Vielleicht können wir uns die nächsten zwei Wochen erst mal erholen. Deine Sorgen bist du jetzt los, Cindy, zumindest für die nächste Zeit. Also vergiß die Dominick-Schule bis zum zwanzigsten Januar."

„Ich werd's versuchen", versprach Cindy. „Aber ich brauche eine neue Schuluniform, Ömchen."

„Schon wieder eine neue Uniform?" stöhnte Mrs. Chester. „Es ist kaum drei Monate her, daß wir all die Sachen für die Pakington-Schule gekauft haben. Ich fürchte auch, daß deine alte Direktorin nicht sehr angetan sein wird, wenn sie hört, daß du die Schule schon wieder verläßt."

„Sie wird es schon verstehen", sagte Cindy zuversichtlich. „Die neue Uniform sieht übrigens super aus, Ömchen. Sie ist grau und scharlachrot. Todschick! Ich weiß gar nicht, wie ich es bis zum zwanzigsten aushalten soll!"

Cindy war merklich aufgedreht, und Mrs. Chester überlegte, wie sie am besten für Ablenkung sorgen konnte. „Hättet ihr nicht Lust, nachher nach Hampstead zu fahren und ein bißchen spazierenzugehen?" fragte sie. „Ich weiß, daß es kalt ist, aber es wird euch guttun, an die frische Luft zu kommen."

Die Mädchen hatten dagegen nichts einzuwenden, und die Mittagstafel wurde aufgehoben.

„Du mußt dich ja entsetzlich gelangweilt haben, Jenny", stellte Cindy fest, als sie das Geschirr abtrockneten.

„Nein, überhaupt nicht", antwortete Jenny. „Ich war den ganzen Morgen ziemlich nervös, und ich war ja so gespannt, was du erzählen würdest. Wie du bemerkt haben dürftest, habe ich wieder mal recht gehabt. Ich hab' dir doch gleich gesagt, daß du es schaffst!"

Cindy kam nach einigen Tagen wieder zur Ruhe und genoß die verbleibende Zeit mit Jenny. Sie hatten viel Spaß. Jenny lernte London immer besser kennen, doch obwohl sie von der Weltstadt fasziniert war, blieb sie dabei, daß Warwickshire der bessere Ort zum Leben sei: „Denk an die malerischen Dörfer und die großen, schönen Landhäuser, wie Charlecote zum Beispiel. Und an Stratford. Und die Wälder und Bauernhöfe ...“

„Du wirst ewig in Gummistiefeln herumrennen und dein Leben lang auf Strohhalmen rumkauen“, stichelte Cindy.

„Genau so wird es sein, und mir gefällt's sogar! Komm über Ostern auf die Farm, Cindy, und ich werde dir helfen, den Mief Londons auszulüften. Warte mal, was steht denn an um diese Zeit ... Kartoffeln legen vielleicht. Oder Mist streuen. Wie wär's, wenn du auch ein bißchen Mist streust? Das wird sicher deine Muskeln aufmöbeln –“

„Um meine Muskeln brauchst du dir keine Sorgen zu machen, du Biest!“ Cindy lachte, und so ging die Kabbelei noch eine ganze Weile weiter.

An Jennys letztem Abend in London gingen sie ins Kino und sahen „Vom Winde verweht“, denn das war genau die Art von Unterhaltung, die Jenny am liebsten hatte.

Als Jenny später in dem kleinen Gästezimmer verschwunden war, stand Cindy noch eine Weile im Nachthemd am Fenster und schaute auf die dunkle Themse hinab.

Sie wußte, daß sie Jenny vermissen würde. Doch bald würde sie an nichts anderes mehr denken können als an die Dominick-Schule und ihre neuen Schulkameradinnen. Daphne war ihr nicht sehr angenehm, und mit Queenie Rothington wollte sie auch nicht mehr als nötig zu tun haben. Aber Rose, ja, Rose würde bestimmt eine gute Freundin werden.

Am nächsten Tag ging Mrs. Chester zusammen mit den Mädchen zum Bahnhof Paddington, um Jenny zu verabschieden. Sie wartete aber nicht bis zur Abfahrt des Zuges, denn sie hatte eine Verabredung.

„Nimm ein Taxi nach Hause, Cindy", sagte sie, bevor sie ging.

„Ich mag deine Großmutter", meinte Jenny und blickte ihr gedankenvoll hinterher.

„Sie ist wirklich in Ordnung", stimmte Cindy zu. „Natürlich habe ich sie immer liebgehabt. Sie ist ja so was wie meine Mutter. Aber in letzter Zeit hab' ich gemerkt – na ja, daß wir irgendwie noch näher zusammengerückt sind. Ach Jenny! Ich wünschte, du würdest nicht wegfahren."

„Ich werde dir schreiben. Das mußt du auch tun. Du mußt mir alles erzählen."

„Das mach' ich doch immer", betonte Cindy. Dann mußte sie zurücktreten, da der Schaffner kam und die Türen schloß. Sie stand auf dem eiskalten Bahnsteig, die Hände tief in die Taschen gesteckt, und blickte zu Jenny hinauf, die sich aus dem Fenster lehnte.

„Nun sollten wir besser anfangen, ein bißchen dummes Zeug zu reden!" schlug Jenny vor. „Grüß deinen Onkel Otto von mir. Und ich hoffe, daß es deinem Mann bessergeht. Sag deiner Schwiegermutter, ich werde Donnerstag schreiben, aber nur, wenn mein Rheuma nachgelassen hat. Ich sage immer, es gibt nichts, was dich so aufheitert, wie ein Brief."

„Und vergiß nicht, dein Vögelchen rauszulassen!" erwiderte Cindy, und dann mußten sie beide lachen, obwohl ihnen eigentlich nicht danach zumute war.

Der Zug setzte sich in Bewegung und verschwand mit Jenny in der winterlichen Landschaft.

Cindy machte sich niedergeschlagen auf den Weg zum Ausgang.

Sie fuhr mit der U-Bahn zum Picadilly Circus, dann ging sie zu Fuß weiter durch den Green Park. Als sie die Mall überquerte und den St.-James-Park betrat, wurde ihre Stimmung heiterer. Sie ging oft und gerne hier spazieren. Die Wasservögel auf dem See munterten sie immer auf. Hier und da war das Wasser von einer dünnen Eisschicht bedeckt. Vielleicht sollte sie mal wieder zum Schlittschuhlaufen gehen, fiel ihr ein. Aber wahrscheinlich sollte sie lieber auf das Eislaufen verzichten. Ein verdrehter Knöchel oder etwas Ähnliches wäre eine Katastrophe, so kurz vor dem Eintritt in die Dominick-Schule.

Es dauerte lange, bis sie heimkam, und bald nach ihr traf auch die Großmutter ein. Sie setzten sich ins Wohnzimmer und tranken eine Tasse Tee zusammen.

„Jenny ist ein nettes Mädchen", stellte Mrs. Chester fest. „Ich hoffe, daß du diese Freundschaft aufrechterhältst, Cindy. Ich glaube, daß du jemanden wie Jenny brauchst, der nichts mit Ballett und Theater zu tun hat."

„Das hat Jenny auch gesagt", erwiderte Cindy und ließ sich ein paar Kekse schmecken. „Sie meint, ich soll über Ostern auf ihrem Bauernhof ein bißchen Mist streuen."

„Na ja, man muß es ja nicht gleich übertreiben mit dem Landleben", meinte Mrs. Chester heiter. „Aber sie ist wirklich einfühlsam, gutherzig und ziemlich klug, glaube ich. Du könntest keine bessere Freundin haben. Sie wird der einzige Ausgleich sein in deinem unnatürlichen Leben –" Mrs. Chesters Stimme klang plötzlich bitter.

„Für mich ist es doch aber natürlich", erwiderte Cindy und schloß ihre Großmutter tröstend in die Arme.

Die Dominick-Schule

Bis zum achtzehnten Januar war Cindys neue Uniform vollständig. Sie war ganz begeistert davon. Sie liebte den eleganten Mantel mit dem scharlachroten Seidenbesatz ebenso wie die kleine, graue Jacke und den Faltenrock. Dazu trug man eine rote Bluse, ein Hütchen und einen Schal derselben Farbe. Wenn die Uniform speziell für sie entworfen worden wäre, hätte sie ihr nicht besser stehen können.

„Bald werde ich mich in die Arbeit stürzen", sagte sie zu ihrem Großvater, als der sich die neuen Sachen ansah. „Ich freu' mich schon so darauf. Vielleicht bekommen wir sogar auch Schauspielunterricht!"

„Ich kann mir denken, daß das sehr vorteilhaft wäre. Es schult das Ausdrucksvermögen", sagte Mrs. Chester. „Du wirst jeden Morgen Ballettstunden haben und wahrscheinlich auch theoretischen Unterricht, in dem ihr die verschiedenen Bühnenrollen behandelt."

Cindy sah ihre Großmutter erstaunt an. „Ich vergesse immer wieder, daß du so gut Bescheid weißt, Ömchen."

Mrs. Chester lächelte. „Du dachtest immer, ich hätte keine Ahnung, wie? Meine Liebe, Betsy war ein großes Plappermaul als kleines Mädchen. Es gab nichts, was ich nicht über ihr Training erfahren hätte. Und ich kann mir nicht vorstellen, daß sich inzwischen viel verändert hat."

„Ich wünschte so sehr, ich hätte sie gekannt", sagte Cindy leise.

„Als sie älter war, hat sie längst nicht mehr soviel erzählt. Sie wurde viel zurückhaltender. Das bleibt wohl nicht aus bei der furchtbar harten Arbeit." Mrs. Chester seufzte.

In der Pakington-Schule ging der Unterricht am siebzehnten wieder los. Und am neunzehnten, nach ihrer Übungsstunde bei Miss Whiteway, ging Cindy vorbei, um ihre Klassenkameradinnen Jane, Barbara und Belinda zu treffen. Die drei begrüßten sie begeistert und schienen sehr beeindruckt, daß Cindy auf die berühmte Dominick-Schule gehen sollte.

„Das ist genau das richtige für dich. Du bist so begabt!“ meinten sie einhellig.

„Hoffentlich habt ihr wirklich recht“, entgegnete Cindy bescheiden. Sie wußte, daß sie noch sehr, sehr viel lernen mußte.

„Wir werden dich vermissen. Es ist schade, daß du nur so kurze Zeit bei uns warst“, sagte Jane.

„Ihr werdet mir auch fehlen. Es war doch ganz nett hier an der Schule“, erwiderte Cindy – aber sie wußte, daß sie nicht ganz ehrlich war. Das vergangene halbe Jahr war keine schöne Zeit für sie gewesen. Das heimliche Training, die ständigen Lügen – und dabei immer die Gewißheit, daß es ohne richtige Anleitung doch nichts Rechtes werden konnte, die Angst, nie wieder tanzen zu können – Cindy mochte nicht mehr daran denken.

Und war sie nicht von Anfang an ein Außenseiter gewesen? Hatte sie sich nicht einsam gefühlt von der ersten bis zur letzten Schulstunde? Sicher: Jane, Barbara und Belinda waren immer freundlich zu ihr gewesen und hatten sie nicht gehänselt wegen ihrer Leidenschaft fürs Ballett. Aber die meisten anderen hatten sie ausgelacht. Sie waren neidisch gewesen, als Cindy in letzter Minute noch eine Hauptrolle im Weihnachtsstück erhalten hatte – eine hübsche Ballettnummer, mit der sie großen Erfolg gehabt hatte.

Es gab an der Pakington-Schule niemanden, der verstand, daß Ballett für Cindy weit mehr war als nur ein Hobby – es war ihr Lebensinhalt, für den sie liebend gern alle Qualen des Trainings auf sich nahm. Den eigenen Körper beherrschen wie ein Instrument – wer von den Mädchen hätte begriffen, was das bedeutete?

„Vielleicht treffen wir uns ja noch mal", sagte Cindy jetzt zu den drei Freundinnen, aber es klang ein bißchen lahm. Sie verabschiedete sich und wußte, daß ein Kapitel ihres Lebens abgeschlossen war. Von morgen an würde sie sich endlich ganz dem Ballett widmen können.

Am Abend packte sie ihre Tasche. Sie war aufgeregt und nervös, wenn sie an den morgigen Tag dachte.

Mrs. Chester brachte ihr wie in Kindertagen heiße Milch ans Bett. „Du wirst sehen, es geht alles in Ordnung. Und jetzt schlaf dich aus!"

„Danke. Du bist lieb." Cindy gab ihr einen Kuß.

Tatsächlich schlief sie bald darauf ein. Aber sie hatte einen wilden Traum, in dem alle möglichen Katastrophen vorkamen: Sie hatte verschlafen und dann auch noch den Bus verpaßt … Dann bemerkte sie, daß sie ihre Tasche vergessen hatte … Später saß sie im Bus, aber sie hatte nur ihr Ballettrikot und Ballettschuhe an, und alle Leute gafften. Als sie endlich die Schule erreichte, waren alle schon da. Sie stellte sich an die Stange, doch sie bemerkte, daß sie nicht mehr tanzen konnte … Noch nicht einmal die Grundstellungen beherrschte sie, und Marianne Volonaise schrie sie an, und die anderen Mädchen lachten und lachten und lachten …

Sie wachte schweißgebadet auf und stellte erleichtert fest, daß es sieben Uhr und keines der schrecklichen Ereignisse wirklich passiert war.

Es fiel ihr ein Stein vom Herzen, als sie pünktlich im

Bus saß und auf dem Weg zum Red Lion Square war. Und noch erleichterter war sie, als sie ein Mädchen in einem kurzen, abgetragenen Mantel erblickte und Rose erkannte.

Sie begrüßten sich und gingen gemeinsam über den Platz.

„Ich hab' schreckliche Angst", gab Rose zu. „Du mußt mich für einen furchtbaren Feigling halten. Ich hatte ja schon bei der Prüfung solche Angst."

„Ich doch auch", beichtete Cindy. „Ich dachte, ich würde es nicht überleben."

„Und meine Uniform ist noch nicht ganz fertig, das macht es noch schlimmer."

„Ach, darüber würde ich mir nicht den Kopf zerbrechen", meinte Cindy fröhlich. „Das fällt doch keinem auf."

Viele Mädchen und Jungen strömten in die Eingangshalle. Die beiden blieben unsicher stehen, bis ihnen jemand sagte, in welchen Umkleideraum sie gehen sollten. Die meisten Schüler kamen ihnen sehr erwachsen und selbstbewußt vor. Doch sie kamen auch an einem Umkleideraum vorbei, wo sich die jüngeren Mädchen laut schwatzend umzogen.

Cindy dachte, daß sie schon wieder träumte, aber diesmal war es ein angenehmer Traum. Sie war nun Elevin der berühmten Dominick-Schule. Und wenn sie sich nicht als elende Versagerin erwies, würde sie auf dieser Schule bleiben, bis sie genauso erfahren und selbstbewußt war wie die älteren Schüler.

Da kam Lena Whiteway vorbei, und als sie Cindy und Rose entdeckte, blieb sie stehen und bot an, die beiden Neulinge ein wenig herumzuführen. „Wir haben noch ein bißchen Zeit. Ihr werdet sehen, ihr findet euch hier bald zurecht. Euer Klassenraum ist oben im dritten Stock, und hier wird der Ballettunterricht stattfinden." Sie öffnete die Tür zu einem großen, hellen Studio. Durch die Fenster schien die Wintersonne herein. „Bis zum Ende des Jahres werdet ihr bei Miss Bower Ballettstunden haben. Sie finden für Jungs und Mädchen getrennt statt. Und eure Klassenlehrerin ist Miss Marshall. Die ist nett."

Cindy hörte aufmerksam zu und versuchte, möglichst viel zu behalten. Aber es war alles noch so verwirrend. Es gab so viele Korridore, die alle voller unbekannter Mädchen waren, und alle sahen gleich aus in ihren Trikots und mit den zurückgesteckten Haaren.

Cindy und Rose versammelten sich mit den anderen Schülern ihres Jahrgangs und waren froh zu entdecken, daß sie Klassenkameradinnen sein würden – aber leider auch Daphne und Queenie. Daphne begrüßte Cindy mit einem nicht sehr begeisterten Lächeln, während Queenie keine Notiz von ihr nahm. Sie war viel zu sehr damit beschäftigt, jedem von ihrer Mutter zu erzählen und ihre felsenfeste Überzeugung kundzutun, selbst eines Tages eine Ballerina zu werden. Die anderen schien das nicht sonderlich zu interessieren, wahrscheinlich hatten sie alle denselben Wunsch, aber Queenie war nicht zu bremsen.

Die erste Ballettstunde öffnete Cindy die Augen. An der Selswick-Schule daheim in Willerbury hatte sie zu den Besten gehört – damit war es hier vorbei, das wußte sie schon nach wenigen Augenblicken.

Miss Bower, eine zierliche Person mit einer jungenhaft schmalen Figur, war sichtlich bestrebt, sie alle von ihren Illusionen zu befreien.

Cindy starrte sie bewundernd an. Diese Haltung, dieser Schritt! Cindy streckte sich unwillkürlich, hob den Kopf.

„A la barre!“ kommandierte die Lehrerin, und die Mädchen stellten sich auf.

„Ich hoffe, wir werden gut miteinander auskommen“, sagte Miss Bower knapp. „Ich bitte um äußerste Disziplin. Wir sind nicht hier, um uns zu amüsieren, sondern um zu lernen, unseren Körper zu beherrschen. Soviel vorweg.“

Sie schaltete das Tonbandgerät ein, und es erklang ein Allegro. „Erste Position plié!“

Und so begann das Exercise mit jener ganz bestimmten Komposition von Übungen, die Cindy so vertraut war, daß sie die einzelnen Bewegungen im Schlaf hätte ausführen können, und die in der gleichen Art überall auf der Welt in jeder Ballettschule wieder und wieder trainiert wurde. Miss Bower trat zu jeder einzelnen Schülerin, beobachtete sie scharf, kritisierte, korrigierte. Cindy hatte plötzlich das Gefühl, Blei in den Gliedern zu haben, als Miss Bower neben ihr stand. „Denk dran: Wir sind keine Elefantenbabys, wir wollen Schmetterlinge sein“, bemerkte die Ballettmeisterin spitz, und Cindy trat der Schweiß auf die Stirn. Noch nie hatte jemand in diesem Ton mit ihr gesprochen!

Sie versuchte sich zu konzentrieren und hatte das Gefühl, sich überhaupt nicht mehr bewegen zu können. Sie wollte auf ihre Arme und Beine achten, bemerkte, daß sie Fehler machte, und geriet völlig aus dem Konzept. Sie kam sich vor wie die blutigste Anfängerin.

„Rond de jambe en l'air! Das Bein höher! Aus der Hüfte heraus! Wir sind hier nicht in der Gymnastikstunde!“ Miss Bower ergriff Cindys Bein und drückte es in die Höhe. Cindy biß die Zähne zusammen vor Schmerz.

„Kopf hoch! Augen auf! Und auf die Hände achten!“

„Du lieber Himmel“, zischte Queenie, die direkt vor Cindy stand. „Die geht ja ganz schön ran –“

Sie wiederholten die Positionen wieder und wieder. Doch Miss Bower war einfach nicht zufriedenzustellen. Sie beanstandete beinahe jede Bewegung, vermißte Schwung, Genauigkeit, Grazie. „Ihr sollt tanzen! Hoch hinauf sollt ihr und nicht an der Erde kleben wie die Kröten! Démi-plié! Erste – zweite – dritte Position! Und strecken! Strecken!“

Cindys Körper schien sich mit aller Macht gegen die Bewegungen zu wehren, die ihm abverlangt wurden. Sie glaubte jeden Muskel einzeln zu spüren – das Trikot klebte an ihrem Rücken.

„Du kannst das Bein ja gar nicht oben halten“, hörte sie Miss Bower zu Daphne sagen. „Keine Balance! Keine Standfestigkeit! Wo hast du eigentlich tanzen gelernt?“

Ich muß durchhalten, summte es in Cindys Kopf. Ich muß!

Dann wurde gewendet, dieselben Übungen mit dem anderen Bein ausgeführt. Erneut trat Miss Bower zu Cindy. „Du bist zu verbissen, meine Liebe. Du siehst ja ganz verzweifelt aus. Tanzen ist Freude! Wenn man euch zuschaut, könnte man meinen, es sei eine Qual!“

Es waren die längsten zwei Stunden, die Cindy je erlebt hatte. Wie hatte sie glauben können, sie sei eine Tänzerin? „Mehr Ausdruck! Mehr Seele!“ forderte die Lehrerin. Wie sollte sie Seele zeigen, wenn ihr alles weh tat?

Zum Abschluß tanzten sie eine kleine Mazurka. „Zum Aufmuntern!“ wie Miss Bower schnippisch meinte. „Ihr seid doch nicht etwa müde?“

Dann war die erste Lektion vorbei. Miss Bower ging mit einem kurzen „Guten Tag!“ hinaus. Die Mädchen standen im Studio und bewegten vorsichtig die geschundenen Glieder. Rose stöhnte und hatte Tränen in den Augen. Queenie lachte abfällig, und Daphne warf Cindy einen Blick zu, der heißen sollte: Hier geht's wohl ein bißchen anders zu als daheim in Willerbury –

Cindy stand wie betäubt. Erst als alle anderen das Studio verlassen hatten, wankte auch sie unter die Dusche.

Im Schulunterricht passierte an diesem Morgen glücklicherweise nicht mehr viel. Es wurden Bücher verteilt und der Stundenplan bekanntgegeben. Die Mittagspause kam schneller, als Cindy erwartet hatte.

Während die meisten anderen Mädchen in der Kantine aßen, ging Cindy zum Mittagessen nach Hause. Ihre Großmutter hatte darauf bestanden. „Du ißt doch schon zum Frühstück kaum etwas", hatte sie gesagt. „Also mußt du wenigstens ein ordentliches Mittagessen bekommen."

Auf die Fragen der Großmutter, wie es denn gewesen sei, antwortete Cindy ziemlich einsilbig. Der Schock der ersten Ballettstunde saß noch zu tief. „Ich erzähl's euch heute abend, wenn Großvater auch da ist", meinte sie lahm. „Dann muß ich nicht alles noch mal wiederholen."

Die Großmutter warf ihr einen argwöhnischen Blick zu, ließ sie aber gewähren.

Als Cindy am Nachmittag in die Schule zurückkam, erschien ihr das Gebäude überraschenderweise fast schon vertraut. In der Eingangshalle blieb sie vor dem Bild ihrer Mutter stehen. Sie war allein. Ach Mutter, dachte sie, hast du es auch so schwer gehabt am Anfang? Und dann machte sie vor den Ballettschuhen im Glaskasten einen kleinen Knicks.

Sie erschrak, als sie bemerkte, daß sie beobachtet wurde: Marianne Volonaise kam gerade die Treppe herunter. Sie bewegte sich mit der Anmut, die allen Tänzerinnen eigen ist. Ihre schlanke Gestalt und das üppige dunkle Haar, die unnachahmliche Grazie ihrer Bewegungen machten sie zu einer Erscheinung, die alle Blicke auf sich zog. Cindy stand wie gebannt.

Die Ballettmeisterin lächelte Cindy zu und entschwand durch den Haupteingang. Cindy machte sich mit klopfendem Herzen auf den Weg in die Umkleideräume.

Was mochte Miss Volonaise bloß von ihr denken? Aber vielleicht dachte sie sich auch gar nichts. Sie hatte bestimmt so viel zu tun, daß sie wahrscheinlich andere Sorgen hatte.

In der Umkleide waren einige Mädchen damit beschäftigt, sich die Haare zum obligatorischen Ballerinaknoten hochzustecken, um für den Nachmittagsunterricht bereit zu sein. Als Cindy hereinkam, ging Rose gerade zu ihrem Mantel und holte sich ein Taschentuch. Queenie fragte mit ihrer durchdringenden Stimme: „Wie war doch noch dein Name? Rose, nicht wahr? Warum, um alles in der Welt, bist du in deinem alten Mantel gekommen?“

Rose wurde puterrot. „Ich habe keinen anderen“, murmelte sie. „Meine Schuluniform ist noch nicht fertig –“

Queenie lachte. „Das Publikum an dieser Schule ist ja offenbar sehr gemischt“, warf sie abschätzig hin und wollte hinausrauschen.

Cindy hatte sie mit drei großen Schritten eingeholt. Ihre Augen blitzten. „Wie kannst du so etwas sagen? Und wen interessiert es schon, daß dir Roses Mantel nicht gefällt! Denkst du vielleicht, uns gefällt alles, was du anhast? Wir binden es dir bloß nicht auf die Nase! Wir sind nämlich ein bißchen höflicher als du!“

Einige Mädchen kicherten, und Queenie wurde rot. Sie

musterte Cindy von Kopf bis Fuß. „Wer bist du überhaupt?“ fragte sie herausfordernd.

„Ich bin Cindy Adams. Und du bilde dir bloß nicht ein, daß du dir hier alles erlauben kannst, nur weil deine Mutter zufällig Beryl Bertram heißt.“

Mittlerweile hatten sich alle anderen um die beiden Mädchen versammelt. Cindy war nicht wohl in ihrer Haut. Wie hatte sie sich bloß so hinreißen lassen können? Sie haßte es, im Mittelpunkt zu stehen.

Sie zog sich hastig um, wechselte die Schuhe und ergriff Roses Hand. „Komm, wir gehn!“

„Das war wirklich nett von dir, aber du hättest es nicht tun sollen. Sie wird dich jetzt hassen“, sagte Rose. „Und sie wird hier bestimmt wichtig werden, da bin ich sicher.“

„Das ist mir egal. Ich finde, sie ist widerlich.“

„Wir sind tatsächlich arm, weißt du? Ich habe den Mantel schon zwei Jahre, und jetzt ist er mir zu klein.“

„Wer interessiert sich schon für Mäntel? Und du hast doch bald den richtigen. Ich finde, sie hat sich ziemlich dumm benommen!“ Cindy wurde immer wütender.

Am Nachmittag hatten sie Kunst, Geschichte und Englisch, und die Zeit verging rasch. Miss Marshall war eine angenehme, junge Frau mit freundlichen Umgangsformen, und Cindy hatte am Unterricht Spaß. Als sie sich in der Klasse umsah und all die gesenkten Köpfe der anderen Mädchen erblickte, kam es ihr beinahe komisch vor, daß sie wirklich an einem so berühmten Institut sein sollte. Es hätte ebensogut eine ganz normale Schule sein können.

Aber als sie zusammen mit Rose und einer Gruppe anderer Mädchen nach Schulschluß auf den Platz hinaustrat, zeigte es sich, daß dies doch kein ganz gewöhnlicher Ort war.

Ein blondes Mädchen faßte sie plötzlich am Arm.

„Schau mal! Die Kompanie! Sie kommen gerade raus. Die Probe ist aus. Das ist Catherine Colby, die in den Jeans und der Teddyjacke. Sie geht zu ihrem Auto dort drüben. Dem kleinen, grauen."

„Oh!" Cindy starrte fasziniert auf die vielen Tänzer. Sie konnte kaum glauben, daß dies dieselben Menschen waren, die sie auf der Bühne des Dominick-Theaters so verzaubert hatten. Jetzt sahen sie doch ganz normal aus.

„Der Mann in dem schwarzen Anorak ist Peter Benoise. Er tanzt die männlichen Hauptrollen", fuhr das Mädchen fort. Sie kannte sich offenbar gut aus.

Cindy bemerkte auf einmal ein Mädchen mit langen, hellbraunen Haaren und einem kleinen, blassen Gesicht.

„Wer ist das? In der blauen Jacke?"

„Das ist Bettina Moore. Sie tanzt die kleine Clara im ‚Nußknacker' zur Zeit. Aber sie geht immer noch zur Schule. Sie ist eine von unseren begabtesten Schülerinnen."

„Wie alt ist sie denn?" Bettina sah nicht nur auf der Bühne sehr jung aus.

„So um die Sechzehn. Sie ist kurz vor Weihnachten ins Corps de ballet gekommen, und man hat ihr die Rolle der kleinen Clara gegeben, weil sie gut zu ihr paßte. Ich hab' gehört, man hat sie genommen, weil so viele andere die Grippe hatten im Dezember. Aber sie hat's verdient. Sie ist echt nett."

Bettina sah wirklich nett aus, und als Cindy zusammen mit Rose wegging, dachte sie, wie schön es wäre, Bettina kennenzulernen. Aber Bettina Moore, die am Anfang einer großen Karriere stand, hatte garantiert kein Interesse an unbedeutenden, neuen Schülerinnen von zwölf Jahren.

Rose und Cindy blieben eine Weile vor der U-Bahn-Station High Holborn stehen.

„Glaubst du, wir schaffen es?“ fragte Rose. „Irgendwie bin ich ganz durcheinander.“

„Ich auch“, sagte Cindy. „Mir tun sämtliche Knochen weh. Aber es war doch auch wunderbar, oder nicht? Ich wünschte, ich wäre schon früher hierhergekommen. Wir haben soviel aufzuholen! Ich werde wie verrückt arbeiten müssen. Es wäre schrecklich, wenn sie uns nach einem Jahr rausschmeißen würden.“

„Ich darf gar nicht daran denken!“ stimmte Rose zu.

Nach einem Jahr gab es nämlich erneut ein Vortanzen – eine zweite Aufnahmeprüfung gewissermaßen. Das erste Jahr galt fast als eine Probezeit. Erst danach wurde entschieden, wer bleiben durfte.

„Vielleicht sollten wir uns im Moment besser keine Gedanken darüber machen“, meinte Cindy. „Wir müssen uns einfach unheimlich anstrengen.“ Sie winkte zum Abschied und ging eilig davon.

Streit um Tommi

Am Abend saß Cindy mit den Großeltern zusammen und erzählte von ihrem ersten Tag an der Dominick-Schule.

„Du hattest recht, Ömchen. Hier weht ein anderer Wind als an der Selswick-Schule. Miss Bower ist ein ziemlicher Drachen – aber sie ist eine phantastische Tänzerin!“ Cindy schwieg einen Augenblick und dachte schwärmerisch an die grazile Lehrerin, die so wunderbar weiche Bewegungen und eine so scharfe Stimme hatte.

„Sie sieht einfach alles. Aber ich werde es schaffen! Ich werde üben – wenn es sein muß Tag und Nacht!“ Ihre Augen blitzten.

Mrs. Chester beobachtete ihre Enkelin und erschrak. Dieses fanatische Feuer in den Augen, diese atemlose Begeisterung – wie gut kannte sie diese Gefühlsausbrüche noch von ihrer Tochter … Und sie wußte: Es gab nichts, absolut nichts, was diese Leidenschaft bremsen konnte.

Einen Moment lang schwiegen sie alle.

„Hast du auch irgendwelche Stars gesehen?“ fragte der Großvater scherzhaft, um die Situation ein bißchen zu entspannen.

„Nur Miss Volonaise, wie sie die Treppe herunterkam. Und die Ballettkompanie kam um vier Uhr aus dem Probenraum. Miss Colby war da und auch das Mädchen, das die kleine Clara getanzt hat. Und stellt euch mal vor: Sie ist noch an unserer Schule. Sie ist sechzehn, aber sie sieht viel jünger aus.“

„Ich merke schon, daß dich das alles sehr beschäftigt“, sagte ihre Großmutter mit ihrem typischen strengen Lächeln. „Wie mich das an früher erinnert! Betsy hat auch davon erzählt, wie sie an ihrem ersten Schultag die

Ballettänzerinnen gesehen hat. Einmal rannte sie den Korridor entlang und stieß mit dem alten Mr. Dominick zusammen. Das muß so etwa zwei Jahre vor seinem Tod gewesen sein. Er war ein äußerst würdevoller, alter Mann mit einem krausen Bart, und Betsy hatte immer große Angst vor ihm. Aber er streichelte ihr nur über den Kopf und sagte: ‚Das ist der Übermut der Jugend!'“

Cindy liebte diese kleinen Geschichten aus der Kindheit ihrer Mutter. Bis vor kurzem hatte sie ja fast nichts über sie gewußt. Sie hatte zum Schluß kaum noch zu fragen gewagt, so ausweichend und mürrisch hatte die Großmutter sie abgespeist. Doch jetzt war alles anders, und Cindy war glücklich darüber.

„Ich habe heute einen Knicks vor ihren Ballettschuhen gemacht, als Miss Volonaise gerade die Treppe runterkam. Ich hab' gar nicht gemerkt, daß sie da war. Ich kam mir ziemlich dumm vor.“ Cindy wurde bei der bloßen Erinnerung noch einmal rot.

„Sie hat vermutlich gedacht, daß du genau die richtige Einstellung hast, Cindy“, erwiderte Mrs. Chester.

„Ich glaube, sie hat gar nichts gedacht“, meinte Cindy. „Sie ist bestimmt viel zu beschäftigt.“

„Wie steht's mit den anderen Mädchen? Gefallen sie dir?“

„Ich mag Rose“, sagte Cindy mit Überzeugung. „Und einige andere scheinen auch ganz nett zu sein. Aber Daphne Daniety hat kaum mit mir geredet, und Queenie Rothington kann mich nicht leiden. Ich hab' ihr gesagt, daß sie schlechte Manieren hat, weil sie über Roses Mantel meckerte.“

„Was war denn damit?“

„Och, der ist eben alt“, war Cindys eher beiläufige Antwort. „Sie bekommt ihre Uniform erst nächste Woche.

Ich würde sie gern bald einmal einladen. Hast du etwas dagegen?"

„Vielleicht Samstag, wenn du möchtest?" schlug die Großmutter vor. Und Cindy ging hocherfreut ins Bett.

Die nächsten zwei Wochen verliefen ohne besondere Ereignisse. Doch es gab genug harte Arbeit. Cindy fühlte sich in dem großen Gebäude immer mehr zu Hause. In der ersten Woche hatte sie ein kurzes Gespräch mit der Direktorin. Die sagte ihr, daß ihre schulischen Leistungen durchaus dem Niveau ihrer Altersstufe entsprachen. Auch Daphne hatte eine Unterredung mit der Direktorin, aber sie kam nicht sehr glücklich zurück. Sie war nicht gerade eine Koryphäe und hatte in einigen Unterrichtsfächern ziemliche Probleme.

Cindy bemühte sich, mit Daphne gut auszukommen, denn schließlich kannten sie sich schon lange und würden wahrscheinlich auch die nächste Zeit noch zusammen verleben. Aber Daphne legte auf ihre Freundschaft anscheinend keinen Wert. Statt dessen freundete sie sich bald mit zwei anderen Mädchen, Betty und Jill, an.

Cindy war glücklich, daß sie wieder richtigen Ballettunterricht hatte, und sie trainierte mit all ihrer Energie und Willenskraft. Ihr Körper wollte sich nur langsam, quälend langsam, auf die Belastung einstellen, die ihm zugemutet wurde. Aber Cindy biß die Zähne zusammen.

„Ihr müßt hart werden", sagte Miss Bower. „Ihr müßt euren Körper beherrschen – und nicht umgekehrt. Und seid nicht so wehleidig. So schnell geht man nicht kaputt. Ihr seid ja nicht aus Marzipan –"

Es schien beinahe unmöglich, Miss Bower ein lobendes Wort zu entlocken. Immer hatte sie ihre Augen genau dort, wo eine Schülerin gerade einen Fehler machte.

Cindy stand meist hinter Queenie an der Stange.

Queenie mochte hochnäsig sein – aber sie war zweifellos eine der Besten, das mußte der Neid ihr lassen. Cindy versuchte, so wenig wie möglich aufzufallen und den Bewegungen Queenies so genau wie möglich zu folgen.

Es war offensichtlich, daß sie während der letzten Monate ohne regulären Unterricht den Anschluß verloren hatte. Sie wußte, daß sie einige Zeit brauchen würde, um wieder mithalten zu können.

Manchmal glaubte sie das Training nicht durchzustehen. Ihre Muskeln brannten vor Schmerz. Doch dann kam immer wieder der Augenblick, da löste sich die Spannung – sie war durchgeschwitzt, doch ihre Glieder wurden leicht und warm und geschmeidig.

„Und noch mal! Noch mal! Strecken! Den Kopf hoch! Nicht nachgeben im Kreuz!“ Cindy hörte die unerbittliche Stimme Miss Bowers noch im Schlaf.

Besonders gefürchtet war es, wenn einzelne Schülerinnen in die Mitte treten mußten, um eine Übung vorzumachen. In jeder Stunde zitterten sie aufs neue: Wen würde es heute treffen?

„Au milieu!“ Zur Mitte! Auch Rose hatte das schreckliche Kommando schon gegolten. „Grand-plié!“ rief Miss Bower – tiefe Kniebeuge. „Tief in die Beuge!“ schrie sie. „Nein! So nicht!“ Und Rose mußte es wieder versuchen, wieder und wieder – bis ihr die Tränen über die Wangen liefen und Miss Bower sie endlich in die Reihe zurückschickte.

„Kopf hoch. Nicht nachgeben!“ hatte Cindy geflüstert und gebebt bei dem Gedanken, daß sie selbst auch bald an der Reihe sein würde.

„Ich habe nie geglaubt, daß ich perfekt bin“, bekannte sie Miss Whiteway nach einer Trainingsstunde in deren Studio. „Aber an der Selswick war ich eine der Besten meines Alters. Ich hab' das Gefühl, daß Miss Bower mich für ziemlich mies hält. Egal, wie hart ich arbeite, sie hat immer etwas auszusetzen."

„Darüber würde ich mir keine Sorgen machen", riet Adele Whiteway, die die ersten Anzeichen von Überanstrengung auf Cindys magerem Gesicht bemerkte. „Du hast großes Talent, und du machst auch keine gravierenden Fehler, die du mühsam wieder loswerden müßtest. Sie müssen doch überzeugt sein, daß du alle Voraussetzungen für eine gute Tänzerin hast, sonst hätten sie dich doch nicht genommen. Und Marianne Volonaise hat zu mir gesagt, daß du eine ausgezeichnete Körperhaltung und genau die richtige Figur hast."

„Hat sie das wirklich gesagt?" fragte Cindy mit leuchtenden Augen.

„Ja. Ich sage dir das, um dich aufzumuntern. Das erste halbe Jahr ist immer schwierig. Du hast eine unruhige Zeit hinter dir, die dich sehr mitgenommen hat. Und die Monate ohne Ballettunterricht haben nun mal ihre Spuren hinterlassen, auch wenn du immer geübt hast."

„Das macht mir alles nichts aus. Hauptsache, ich bin kein hoffnungsloser Fall."

„Davon kann keine Rede sein, mein Kind. Aber im Moment ist es noch zu früh, um beurteilen zu können, ob wirklich eine große Ballerina in dir steckt. Gib dir einfach Mühe, und versuch, deinen Spaß zu haben. Ich habe gehört, daß du in der Schule gut mitkommst. Ich habe nämlich Miss Marshall getroffen."

„Sie kennen wohl jeden an der Dominick-Schule?" fragte Cindy beeindruckt.

„Nun ja – sagen wir: ziemlich viele. Ich bin zwar nie dort zur Schule gegangen, aber ich war oft da, als ich in der Dominick-Kompanie tanzte. Cindy, laß um Himmels willen den Kopf nicht hängen. Mit zwölf sollte man das Leben genießen und sich nicht so viele Gedanken über die Zukunft machen. Zur Zeit brauchst du dich auch noch nicht mit irgendwelchen Prüfungen herumzuschlagen."

„Nein, ich lasse den Kopf schon nicht hängen", bekräftigte Cindy. „Aber ich möchte gut werden. Ich kann es nicht ertragen, schlecht zu tanzen."

Während dieser ersten Wochen beobachtete Mrs. Chester ihre Enkelin mit Sorge. Sie versuchte, das Leben zu Hause so friedlich und gesund wie möglich zu gestalten, besonders da das Wetter im Februar schrecklich war. Ständig wehte ein schneidender Wind, es gab Regen und Graupelschauer. Viele Mädchen waren erkältet und konnten nicht zur Schule gehen. Mrs. Chester wollte vermeiden, daß Cindy sich ansteckte.

Nach den ersten Wochen nahm Cindy auch wieder Musikunterricht. Sie lernte Klavier und sang im Chor. Regelmäßige Konzertbesuche gehörten ebenfalls zum Stundenplan.

Ihr Alltag war also recht ausgefüllt. Sie hatte in Rose eine gute Freundin gefunden: Nachdem Rose ihre Zurückhaltung abgelegt hatte, erwies sie sich als sehr lustig. Die beiden waren sich ziemlich ähnlich. Mindestens einmal pro Woche kam Rose zum Tee in die Wohnung in Westminster, und Cindy ging oft zu Besuch in das kleine Haus am Earl's Court. Sie genoß die Besuche bei Roses Familie, und ihr gefielen auch Roses zwei jüngeren Brüder, die lebhaft und intelligent waren.

Auch wenn sie sehr viel um die Ohren hatte, vergaß Cindy nie, Jenny zu schreiben. Regelmäßig wurden Briefe zwischen London und Willerbury ausgetauscht. An Jenny schrieb sie auch über Dinge, die sie keinem anderen erzählt hätte.

Jenny interessierte sich brennend für Cindys neue Mitschülerinnen. „Queenie scheint ja ein ziemlich mieses Stück zu sein, und Daphne war ja schon immer eifersüchtig. Aber die anderen sind ja wohl ganz nett", schrieb sie einmal.

Queenie war in der Tat ein „mieses Stück". Aber trotzdem hatte sie nach kurzer Zeit eine große Anhängerschar, denn sie sah gut aus, tanzte gut und wußte sich in Szene zu setzen. Wenn es sich machen ließ, ging Cindy ihr aus dem Weg.

Manchmal tat es ihr leid, daß sie für sich behalten mußte, wer ihre Mutter gewesen war. Besonders zu Anfang war sie als die einfache Cindy Adams ein Nichts, nur eins von den vielen Mädchen, die hofften, eines Tages Karriere zu machen. Als Elizabeth Ivorys Tochter wäre sie ohne Zweifel eine wichtige Person gewesen. Es hätte sie aus der Masse der Schüler herausgehoben, und Queenie und viele andere hätten ihr mit besonderem Respekt begegnen müssen.

Aber Cindy blieb felsenfest bei ihrer Entscheidung und bewahrte ihr Geheimnis. Sie erzählte es nicht einmal Rose, obwohl die beiden Mädchen sonst viel Vertrauen zueinander hatten.

Cindy hatte sich vorgenommen, daß sie es auch ohne Hilfe schaffen würde, und dabei blieb sie. Aber es war doch viel schwerer, als sie es damals an jenem merkwürdigen, unvergeßlichen Abend im Königlichen Opernhaus erwartet hatte, als ihr Colin Amberdown den Namen ihrer Mutter genannt hatte.

Fast alle Mädchen und auch einige Jungen an der Dominick-Schule besaßen einen Talisman. Es konnte ein Ballettschuh sein, ein kleines Schmuckstück oder irgendein Spielzeug. Queenie zum Beispiel hatte eine Puppe, die sie „Giselle“ nannte und die früher ihrer Mutter gehört hatte.

Cindy hatte ihr Maskottchen bisher nur Rose gezeigt. Aber auch Rose kannte die Geschichte der kleinen schwarzen Katze natürlich nicht. Aus irgendeinem Grund scheute Cindy davor zurück, Tommi den neugierigen Blicken der anderen auszusetzen. Sie trug ihn immer bei sich, doch wenn die anderen über ihre Maskottchen sprachen, schwieg sie.

Aber gerade Tommi war die Ursache dafür, daß es zum offenen Bruch zwischen Cindy und Queenie kam.

Der Vorfall ereignete sich, als Cindy eines Morgens auf dem Weg zum Umkleideraum die Treppe herunterlief. Sie war schon fast unten, als sie ins Stolpern geriet. Sie versuchte noch, sich am Treppengeländer festzuhalten, wobei ihr die Tasche aus der Hand fiel.

Schuhe, Strumpfhosen, ein Handtuch, Kekse für die Pause – und Tommi purzelten in alle Richtungen.

Bevor Cindy sich wieder aufrappeln konnte, hatte Queenie das Stofftierchen geschnappt.

Sie betrachtete die schwarze Katze amüsiert. „Also unsere kleine Cindy hat sich jetzt auch ein Maskottchen angeschafft!“ sagte sie boshaft. „Wie reizend! Ausgerechnet eine schwarze Katze als Glücksbringer!“

Cindys blasses Gesicht erglühte, und sie versuchte, ihrer Widersacherin den Talisman zu entreißen. „Gib ihn mir sofort zurück. Habe ich dich überhaupt nach deiner Meinung gefragt?“

Queenie war sechs bis acht Zentimeter größer und hatte auch längere Arme als Cindy. Sie hielt die kleine schwarze Katze über ihren Kopf und sagte höhnisch: „Na gut. Aber du mußt erst bitte, bitte sagen. Reg dich bloß nicht so auf! Sag einfach: ‚Bitte, liebe Queenie, darf ich meine schwarze Glückskatze wiederhaben?‘“

„Das könnte dir so passen, du Biest!“ schrie Cindy. „Gib ihn her!“

„Wenn du nicht brav um deinen Kater bitten willst, dann kann er dir ja nicht viel wert sein.“ Und Queenie steckte Tommi in die Tasche ihres grauen Mantels.

Cindy hatte schon als kleines Kind ein hitziges Temperament gehabt, das sie von ihrem italienischen Vater geerbt hatte. Sie hatte sich meistens gut im Griff, doch jetzt war ihre Geduld am Ende. Die Sanftmut, die sie sonst an den Tag legte, fiel von ihr ab wie Lack. Mit blitzenden Augen und geballten Fäusten sprang sie auf Queenie zu.

„Gib mir meinen Talisman sofort zurück, sonst hau' ich dir eine runter!“

„Du kannst ja sogar richtig wütend werden! Bist wohl gar nicht so ruhig, wie du aussiehst. Ich werd' ihn behalten. Ein Talisman mehr kann nicht schaden.“

Die anderen Mädchen starrten wie gebannt auf die beiden. Jemand sagte: „Laß den Quatsch, Queenie! Das reicht jetzt!“ Cindy vergaß die Zuschauer, drängte Queenie wild entschlossen in eine Ecke und traktierte sie heftig mit ihren kleinen Fäusten. „Gib mir meine Katze wieder, oder ...“

„Cindy, hör auf!“ Rose versuchte verzweifelt, die Streithähne zu trennen.

„Was ist denn hier los?“ Die Mädchen erstarrten. Dort auf der Treppe stand Igor Dominick höchstpersönlich.

Cindy ließ endlich von Queenie ab.

„Seid ihr verrückt geworden? Worum geht es hier eigentlich?“ Der Direktor schaute Cindy durchdringend an.

„Ich hab' versucht, etwas wiederzubekommen. Etwas, was mir gehört“, erklärte Cindy. Es war jetzt mucksmäuschenstill rundherum. Queenie langte in ihre Manteltasche und übergab Cindy die kleine schwarze Katze.

„Da, bitte sehr!“ zischte sie wütend.

Cindy stand da und hielt ihren Talisman ganz fest. Ihre Wangen glühten, und ihr schwarzes Haar hatte sich gelöst. Sieh mal an, dachte der erfahrene alte Ballettmeister. Was für eine temperamentvolle kleine Person!

Laut sagte er: „Es wird in einer Minute läuten, und ihr habt euch noch nicht einmal umgezogen. Also, keine Kämpfe mehr, bitte! Und du, junge Frau“ – offensichtlich wußte er nicht im entferntesten Queenies Namen –, „laß in Zukunft die Finger von Sachen, die dir nicht gehören!“

Er machte auf dem Absatz kehrt, schaute aber noch einmal über seine Schulter, um Cindy barsch zu fragen: „Dein Name?“

„Cindy Adams“, antwortete sie kleinlaut. Sie hätte sich ohrfeigen mögen.

Ohne ein weiteres Wort ging er weiter.

Die Mädchen tuschelten aufgeregt und bereiteten sich auf den Ballettunterricht vor. Die einzige, die nach Mr. Dominicks Auftritt den Kopf nicht hängen ließ, war Queenie.

„Verdammt noch mal, du hättest doch den Mund halten können!“ fuhr sie Cindy an.

„Er hat mich doch gefragt, was los ist. Und er wäre bestimmt so lange dageblieben, bis wir es ihm erzählt hätten.“ Cindy hatte weiche Knie, und ihr Herz klopfte. „Ich wollte ja nicht, daß du Schwierigkeiten bekommst, aber ich wollte meinen Talisman wiederhaben.“

„Jetzt hast du ihn ja wieder. Glaub bloß nicht, daß ich mit dir noch mal ein Wort spreche.“ Und Queenie rauschte davon, um Betty und Jill zu treffen, die zwar der Meinung waren, Queenie sei im Unrecht, aber nicht den Mut besaßen, es auch auszusprechen.

Cindy hatte einen miserablen Tag. Sie mußte immer

wieder an ihren Temperamentsausbruch denken und ärgerte sich über sich selbst. Sie war fest überzeugt, daß sie einen Verweis erhalten würde. Sie tanzte schlecht und konnte sich im Unterricht nicht konzentrieren. Aber bis zum Schulschluß hörte sie nichts mehr von der Direktion, und sie konnte erleichtert annehmen, daß Mr. Dominick die ganze Angelegenheit vielleicht schon vergessen hatte.

Sie schwor sich, ihr Temperament in Zukunft besser zu zügeln. Sie nahm sich außerdem vor, einen Bogen um Queenie zu machen. Die würde bestimmt die nächstbeste Gelegenheit nutzen, um es ihr heimzuzahlen.

„Ich kann es nicht leiden, wenn Leute so gemein sind", sagte sie zu Rose. „Doch es war ein Fehler, mit ihr zu kämpfen. Ich hätte sie einfach abblitzen lassen sollen."

„Sie ist ein richtiges Biest", meinte Rose voller Mitgefühl. „Und ich glaube nicht, daß Mr. Dominick wütend auf dich war. Seine Augen haben so ulkig gezwinkert – als wenn er sich amüsiert hätte. Hast du das nicht gemerkt?"

Cindy hatte nichts dergleichen bemerkt, aber sie ging doch ein wenig beruhigt nach Hause.

Eine Kletterpartie

Das Schuljahr schritt fort. Cindy fühlte, daß sie aufholte. Aber es war ein langwieriges Unterfangen, und sie wünschte sich oft von ganzem Herzen, daß sie die langen Monate von Juli bis Januar nicht so tatenlos hätte vergeuden müssen. Doch es hatte keinen Sinn, mit dem Schicksal zu hadern. Und so trainierte sie verbissen und zäh.

Sosehr sie Miss Bower am Anfang gefürchtet hatte – so sehr bewunderte sie die Ballettmeisterin jetzt. Sie hatte gelernt, mit deren harscher Art umzugehen und die Zwischentöne herauszuhören, wenn die Lehrerin die Klasse kritisierte.

Aber es kamen immer wieder Momente, da war sie zornig und mutlos. Sie versuchte, mit Ausdruck, mit „Seele" zu tanzen, wie die Lehrerin es verlangt hatte. Miss Bower trat an sie heran und sagte: „Laß das Grimassenschneiden, Cindy. Nüchtern und straff! Keine Gefühlsduselei!"

Cindy mußte vortreten. „Grand jeté!" – Spagat in der Luft.

Miss Selswick hatte Cindy immer sehr gelobt für ihre Sprünge. Doch Miss Bower meinte nur: „Dein Sprung ist nicht weich genug. Du mußt federn! Wo bleibt die Leichtigkeit?" Cindy kämpfte um ihre Beherrschung. Sie federte doch! Sie federte doch!

Trotzdem liebte sie die Ballettstunden, und sie freute sich über den kleinsten Fortschritt. Sie hatte sogar schon die ersten anerkennenden Worte von Miss Bower gehört. Sie war rot geworden vor Stolz und schwebte an diesem Tag wie auf Wolken.

Sie hatten inzwischen auch mit dem Spitzentanz begonnen. Wie oft saß Cindy nun abends auf ihrem Bett und massierte die wunden Zehen. Würde sie es jemals schaffen, diesen unvergleichlichen Eindruck der Schwerelosigkeit zu vermitteln, der den Zauber des Spitzentanzes ausmachte? Im Moment fühlte sie sich jedenfalls alles andere als schwerelos ...

Aber Schonung gab es nicht wegen ein paar aufgescheuerter Stellen.

„Mir ist das Blut oft genug aus den Schuhen getropft – und ich mußte weitertanzen. Hört endlich auf mit euren Kinderträumen – sonst werdet ihr niemals wirklich tanzen können!“ meinte Miss Bower. „Es gibt keinen schöneren Beruf als den des Tänzers – aber auch keinen härteren. Wer kein Stehvermögen hat, der wird versagen – denkt daran!“

Und Cindy dachte daran, jede Minute, jede Stunde – besonders dann, wenn sie glaubte aufgeben zu müssen.

Auch die übrigen Schulveranstaltungen genoß Cindy. Einmal ging die gesamte Unterstufe ins Dominick-Theater, wo „Schwanensee“ gegeben wurde.

Wie immer war Cindy überwältigt von der Theateratmosphäre. Doch diesmal war es noch etwas anderes. Diesmal gehörte sie zu der Gruppe der Balletteleven, die sich durch ihre Schuluniform vom Rest des Publikums abhoben und die sie manches Mal von weitem sehnsüchtig betrachtet hatte. Sie war stolz. Rose, die neben ihr saß, studierte schon das Programmheft. Der Platz auf der anderen Seite war noch frei. Cindy blickte in die Runde. Ein Junge stand an der Tür, offenbar unschlüssig, wohin er sich setzen sollte. Er hatte blondes Haar, das in lustigen Stoppeln abstand. Seine Figur war schlank, aber muskulös und durchtrainiert. Er trug die Schuluniform, doch Cindy hatte ihn bisher noch nicht gesehen.

Er sieht nett aus, dachte Cindy und freute sich, als er auf den Platz neben ihr zusteuerte.

„Hallo", sagte er, als er sich in den Sitz fallen ließ.

„Hallo", sagte Cindy und merkte, daß sie rot wurde. Hoffentlich sieht man es nicht bei der Beleuchtung, dachte sie.

Sie nahm innerlich Anlauf und fragte dann: „Bist du neu? Ich hab' dich noch gar nicht in der Schule gesehen –"

Der Junge, der offenbar ein bißchen älter war als sie selbst, sah sie an, und sie stellte fest, daß er grüne Augen hatte.

„Ich hab' erst vor ein paar Tagen wieder hier angefangen. In der achten Klasse. Ich war mit meinen Eltern ein Jahr in den USA. Ich heiße Jan Williams. Und du? Es sind so viele Neue da, man kennt sich gar nicht mehr aus ..."

Cindy schluckte. „Ich bin Cindy Adams", sagte sie. „Ich geh' in die siebte."

Damit war das Gespräch fürs erste beendet, denn Jan wandte sich seiner Nachbarin auf der anderen Seite zu – einem Mädchen, das ebenfalls in die achte Klasse ging und das er offenbar gut kannte.

Cindy ließ sich von Rose das Programmheft geben und las, wenn auch vielleicht nicht so konzentriert wie sonst.

Als sie wieder aufschaute, war sie ziemlich überrascht, daß eine weitere Gruppe von Mädchen und Jungen auf der anderen Seite des Rangs Platz genommen hatte. Sie trugen eine Uniform, die genauso aussah wie ihre eigene. Lediglich die Mützen und Schals waren nicht rot, sondern grün. „Wer sind die denn?" fragte Cindy.

Jan lachte. „Weißt du das nicht? Die sind vom Internat. Dort gibt es etwa hundert Schüler."

„Internat? Ich wußte gar nicht, daß es eins gibt." Cindy war immer noch verdutzt.

„Ja, im Chalk-Green-Schloß nahe High Wycombe. Du mußt doch davon gehört haben. Es gibt dort nur die Unterstufe. Die Schüler gehen dorthin, bis sie vierzehn oder fünfzehn sind. Viele von ihnen sind Ausländer, oder sie haben keine Verwandten in London. Miss Volonaise fährt oft raus zu ihnen, denn sie haben genau wie wir jeden Tag Ballettunterricht."

„Das hab' ich glatt vergessen. Ich glaube, ich habe mal etwas davon gehört", gab Cindy zu. „Ich frage mich, ob es ihnen dort gefällt oder ob sie uns beneiden, weil wir in der Stadt sind. Sie sind ja wohl ein bißchen weit ab vom Schuß, oder?"

„Tja – das stimmt allerdings. Chalk Green ist oben in den Buchenwäldern, etwa zehn bis zwölf Kilometer außerhalb von High Wycombe. Eine Cousine von mir ist dort. Sie ist erst zehn, und ihr gefällt's dort prima."

„Mir würde es gar nicht gefallen", antwortete Cindy. „Man muß sich dort vorkommen wie in der Verbannung. Ich bin froh, daß ich hier in der Stadt bin."

„Der Ballettunterricht ist aber genauso gut dort. Und die besseren Tänzer kommen nach London, wenn sie alt genug sind. Ich glaube, Bettina Moore war früher auch mal dort. Sie wohnt jetzt zur Untermiete oder so. Ihre Familie lebt in Australien."

Die Musik fing an, und Cindy genoß die Augenblicke, bevor der große Vorhang hochging. Und nach kurzer Zeit hatte sie alles um sich herum vergessen, außer dem Geschehen auf der Bühne. Sie war wie verzaubert und versank in der Welt, die sie so ungeheuer anzog.

Sie fand das Leben an der Dominick-Schule interessant, aber auch anstrengend. Und in der bunten Welt des

Balletts gab es keine Ängste oder Spannungen. Nur schöne, harmonische Bewegungen und Farbe und Musik.

Catherine Colby, die Primaballerina, schien in Bestform zu sein. Cindy hatte ein Operngla s mitgenommen und suchte Bettina Moore im Corps de ballet.

Nach der Vorstellung sah sie, wie die Internatsschüler einen Bus bestiegen.

Dann ging sie mit Rose zu Fuß heim nach Westminster, denn Rose war zum Tee eingeladen.

„Ich frage mich, ob wir je so tanzen können werden", sinnierte Rose, als die beiden ihre Schritte beschleunigten, um gegen den kalten Wind anzukämpfen. „Ach, Cindy, glaubst du, daß wir es je schaffen werden?"

„Ich weiß nicht", antwortete Cindy. „Einige von uns bestimmt, nehme ich an."

„Queenie ist ziemlich sicher, daß sie es schafft. Sie sieht sich schon als die zukünftige Primaballerina."

„Sie ist ja auch gut. Besser als wir jedenfalls ganz bestimmt. Miss Bower kritisiert sie allerdings ganz schön oft, aber es scheint ihr ja nichts auszumachen."

„Sie quillt einfach über vor Selbstbewußtsein, deshalb", sagte Rose, und man merkte, daß sie Queenie darum beneidete.

Dann unterhielten sie sich ausführlich über die Vorstellung, die sie gerade gesehen hatten. Endlich erreichten sie das Haus, wo Cindy wohnte, und fuhren mit dem Fahrstuhl zur Wohnung hoch. „Schwanensee" war doch ein besseres Gesprächsthema als Spekulationen über die Zukunft.

Einige Wochen später hielt Colin Amberdown eine Vorlesung über die Geschichte des Balletts. Die Dominick-Schule rühmte sich einer Halle, die alle Mitglieder der

Schule gleichzeitig aufnehmen konnte. Aber dann herrschte ein ziemliches Gedränge. Von Mitschülern, die schon länger an der Schule waren, hatten Cindy und Rose erfahren, daß solche Vorlesungen regelmäßig stattfanden.

Cindy ging gespannt in die Halle und freute sich, Mr. Amberdown wiederzusehen. Sie hatte ihn gleich bei ihrem ersten Zusammentreffen damals im Covent Garden sehr gemocht.

Mr. Amberdowns Rede war sehr interessant. Er stellte die Geschichte des Balletts kurz, aber lebendig dar. Und nachdem er die große Zeit des russischen Balletts behandelt hatte, erzählte er, wie sich das englische Ballett entwickelt hatte. Er sprach auch über die größten englischen Ballerinen und ihren jeweiligen Werdegang.

Cindy nahm fasziniert jedes seiner Worte in sich auf. Sie hatte so viel über Ballett gelesen, daß nur weniges völlig neu für sie war. Aber seine Stimme war fesselnd und seine Art des Vortragens so lebendig, daß sie wünschte, die Rede würde nie aufhören.

„Natürlich“, sagte Colin Amberdown, der sich locker an den Tisch der Bühne lehnte, „dürft ihr nicht mit der Vorstellung nach Hause gehen, daß unsere größten Ballerinen schon in frühem Alter besonders vielversprechend waren. Oft war genau das Gegenteil der Fall. Manchmal kamen sie aus gesundheitlichen Gründen zum Ballett. Und manchmal auch nur, weil ihre Mütter es unbedingt wollten. Manchmal waren sie unscheinbar und unbeholfen und haben in ihren frühen Jahren mehr Tadel als Lob geerntet.

Nehmen wir Elizabeth Ivory zum Beispiel. Als sie in die Dominick-Schule kam, war sie ein eigenartiges kleines Mädchen. Sie konnte nicht sonderlich gut tanzen, aber sie war wild entschlossen – da war sie erst zehn oder elf –, eine große Tänzerin zu werden. Ihr fester Wille trieb sie immer an. Noch mit vierzehn schien sie weniger talentiert als viele ihrer Kameradinnen. Die Grundlage einer guten Technik besaß sie. Und auf einmal begann sie, sich erstaunlich zu verbessern. Sie schien ihre Persönlichkeit gefunden zu haben, und sobald sie auf der Bühne des Dominick-Theaters tanzte, war es klar, daß sie es weit bringen würde. Aber wie weit, konnte niemand vorhersagen. Ihr wißt, daß sie eine ganz außergewöhnliche Karriere gemacht hat. Aber es wird euch vielleicht beruhigen, wenn ihr euch an das blasse, Mädchen erinnert, das damals keine Ahnung davon hatte, daß sein Name einmal um die Welt gehen würde."

Eingekeilt zwischen Rose und Jill hielt Elizabeth Ivorys Tochter den Atem an. An diesem Morgen hatte sie eine ihrer niederschmetternden Anwandlungen gehabt und geglaubt, daß ihr Körper ihr nie richtig gehorchen würde. Jetzt kam es ihr fast so vor, als spräche Colin Amberdown nur für sie. Sie hob den Kopf, und als er zum Ende seiner Vorlesung kam, hatte sie das Gefühl, daß er ihr direkt in die Augen sah.

Als sie mit Rose durch die Eingangshalle zum Ausgang gehen wollte, stand Colin Amberdown dort und knöpfte sich seinen Mantel zu. Cindy lächelte ihn an, und er wandte sich ihr freundlich zu.

„Du bist jetzt also auch hier, mein Kind? Ich glaubte dich schon in der Menge zu erkennen. Und wie gefällt dir die Dominick-Schule?"

„Ganz toll", sagte Cindy atemlos. „Aber … aber …"

„Sehr harte Arbeit, nicht? Mach dir nichts draus, das wolltest du doch, oder? Also, viel Glück!" Er lächelte und ging weg. Rose war vor Ehrfurcht erstarrt, und Queenie kriegte vor Staunen den Mund nicht mehr zu.

„Kennst du ihn etwa?“ wollte Rose wissen.

„Na ja, ich hab’ ihn schon mal getroffen. Meine Großmutter kennt ihn ziemlich gut.“

Cindy sagte weiter nichts, doch sie fühlte sich plötzlich ganz beschwingt.

Ende März wurde das Wetter zusehends besser, und in der Nachmittagspause gingen die Mädchen manchmal in den Garten hinter der Schule. Er war klein und sehr idyllisch. Ein schmaler Weg führte zum anderen Teil der Schule, der nicht am Red Lion Square lag.

Eines Tages stahlen sich Rose und Cindy von den anderen weg, die sich größtenteils auf den Treppenstufen sonnten. Bald kamen sie an die Mauer, die die Dominick-Schule von dem kleinen Hof hinter dem Probenraum trennte.

Rose war bisweilen draufgängerisch wie ein Junge und liebte es zu klettern. Plötzlich schwang sie sich auf die Mauer und grinste auf ihre Freundin herab. „Traust du dich, auf der Mauer langzugehen, Cindy?“

„Rose! Wir könnten uns beide Beine dabei brechen! Überleg mal, wie schrecklich das wäre.“

„Das wäre wirklich schrecklich“, stimmte Rose spöttisch zu. „Aber ich muß nach dieser furchtbaren Mathestunde irgend etwas unternehmen.“ Sie schaute sich um, und ihre Augen leuchteten. „Hey, Cindy! Ich glaube, da drüben sind die Fenster des Probenraumes. Ich wünschte, wir könnten da mal ’nen Blick reinwerfen.“

„Ich auch!“ Cindy war neugierig auf die Mitglieder der Ballettkompanie. Sie hatte sie schon oft auf den Platz hinaustreten sehen: meistens ganz gewöhnlich aussehende Menschen, für Cindy aber leuchtende, unerreichbare Vorbilder.

Rose saß oben auf der Mauer. „Los, komm rauf, und

dann klettern wir die andere Seite wieder runter. Mach schnell. Wenn uns jemand sieht, kriegen wir schrecklichen Ärger."

Cindy hatte Lust auf ein Abenteuer, und so kletterte sie, unterstützt von Roses helfender Hand, auf die Mauer. Die beiden saßen da und betrachteten die großen Fenster des Gebäudes nebenan.

„Wenn wir auf das kleine Dach dort kommen, könnten wir vielleicht was sehen", sagte Cindy. „Aber klingelt es nicht schon in einer Minute?"

„Ach, was soll's." Rose war nicht zu bremsen. „Los, laß uns hochklettern und dann wieder abhauen", drängte sie. „Sie proben doch gerade ein neues Ballett. Wäre es denn nicht toll, was davon zu sehen, bevor es auf die Bühne kommt?"

„Es wird Ärger geben, wenn sie uns erwischen", sagte Cindy zögerlich.

Aber es war zu verlockend, und blitzschnell folgte sie ihrer Freundin. Sie konnten das niedrige Dach nicht so leicht erklimmen, wie sie gedacht hatten. Nach einer ziemlichen Plackerei waren sie schließlich oben und konnten eins der Fenster erreichen.

„Sei bloß vorsichtig!" keuchte Cindy, und sie krochen behutsam an das Fenster und schauten hindurch.

Cindy hielt die Luft an und vergaß auf der Stelle, daß die Pausenklingel gleich ertönen und sie jemand erwischen könnte. Denn es war so faszinierend: Da unten war die ganze berühmte Ballettkompanie versammelt – siebzig bis achtzig Tänzer. Einige saßen auf Stühlen und machten offenbar eine Pause. Andere tanzten zur Musik eines Klaviers. Sie trugen Übungskleidung, sahen erschöpft und erhitzt aus. Catherine Colbys Haare waren unter dem Haarband hervorgerutscht und flogen nun wild um ihren Kopf. Es war offensichtlich, daß sie schon seit Stunden gearbeitet hatten.

Von dem unwirklichen Zauber eines vollendeten Balletts spürte man hier wenig. Was die beiden Mädchen sahen, war Schwerstarbeit – aber es war bestimmt nicht weniger fesselnd als die Perfektion einer ausgefeilten Vorstellung.

Marianne Volonaise und Igor Dominick standen neben dem Klavier, und die dunkelhaarige Frau vor dem großen Spiegel war offenbar die Trainerin der Kompanie.

„Das ist bestimmt Madame Le Caine, weißt du?" flüsterte Rose.

„Du lieber Himmel, müssen die schuften!"

Sie beobachteten die Tänzer so gebannt, daß sie gar nicht bemerkten, daß der Direktor den Raum verließ. Sie erstarrten, als sie hörten, wie sich die Tür unter ihnen öffnete und jemand über die Steinplatten ging.

Sie schauten hinunter – Igor Dominick. Er stand da und sah zu ihnen hinauf. Es war beängstigend still, kein Lärm klang mehr vom Garten herüber, die Pause mußte längst vorüber sein.

Cindy wollte am liebsten in den Erdboden versinken. Sie hätte etwas darum gegeben, in diesem Moment still und unauffällig in einer Mathestunde zu sitzen –

Da öffnete sich die Tür erneut, und Jan Williams trat heraus. Er lief vorbei, grüßte den Direktor höflich und grinste mit unverhohlener Schadenfreude zu ihnen herauf.

Auch das noch, dachte Cindy und kam sich plötzlich ziemlich lächerlich vor. Sie hatten sich wie die Grundschüler aufgeführt – Jan würde sich sicher halb totlachen über die zwei dummen kleinen Gören …

„Ihr kommt besser da runter", sagte der Direktor gelassen. „Und brecht euch nicht das Genick. Man kann zwar nicht wissen, ob ihr beide den Raum dort drinnen jemals schmücken werdet, aber einstweilen müssen wir darauf achten, daß euch nichts passiert. Vorsichtig!"

Irgendwie schafften sie es herunterzukommen, und Igor Dominick beobachtete sie mit einem ironischen Lächeln. „Name? Nein, sag ihn nicht. Cindy Adams. Unser kleiner Hitzkopf. Und ..."

„Rose Conway", murmelte Rose. „Es ist alles meine Schuld. Ich habe Cindy dazu überredet, die Mauer hochzuklettern. Ich ... wir ..."

„Ich wette, dafür hast du nicht viel Überredungskunst gebraucht", sagte Mr. Dominick. „Nun, wie ist die Probe eurer Meinung nach gelaufen?"

Sie wurden über und über rot und wußten nicht, was sie sagen sollten.

„Das können wir natürlich nicht durchgehen lassen", meinte der Direktor plötzlich streng. „Das müßt ihr wissen, ihr beiden. Wände hochzuklettern ist gefährlich für angehende Tänzerinnen, und die Mauer hier ist alt und nicht besonders sicher. Ich werde sie mal nachsehen lassen müssen. Übrigens seid ihr wohl ziemlich spät dran."

„Wir haben wohl die K-Klingel nicht gehört", stotterte Rose.

„Kommt mit!" Schweigsam und alle Abenteuergelüste tief bedauernd, folgten sie ihm durch die Seitentür einen Gang entlang hinaus auf den Red Lion Square. Er begleitete sie in das Schulgebäude und sagte dann: „Ab mit euch in euer Klassenzimmer! Ich werde Miss Lane darüber berichten müssen, verstanden?"

„Es tut uns leid!" stieß Cindy hervor.

„Tatsächlich?" fragte er, und seine blauen Augen blitzten belustigt. „Als ich euch entdeckte, habt ihr euch aber ganz gut amüsiert!"

Cindy sah ihn offen an und antwortete: „Es war wirklich interessant, aber wahrscheinlich haben wir uns ein bißchen kindisch benommen."

Er lachte. „Es gibt Schlimmeres! Aber denkt daran, daß es eure eigene Schuld ist, wenn ihr hundertmal schreiben müßt: ‚Ich darf nicht über Mauern klettern, um eine Probe anzuschauen.'"

Miss Marshall empfing sie ziemlich kühl. „Ich sehe schon, daß es Ärger gegeben hat. Das könnt ihr mir nach der Stunde erzählen."

Die Direktorin bestellte die beiden für vier Uhr zu sich und hielt ihnen eine ordentliche Standpauke.

„Ihr müßt mir beide versprechen, so etwas nicht noch einmal zu tun. Es war ziemlich leichtsinnig. Ich habe euch beide für klüger gehalten. Nun gut. Ihr könnt mir einen Extraaufsatz schreiben und morgen früh abgeben. Über England zur Zeit Shakespeares. Ihr habt nicht viel Zeit, etwas dafür zu lesen, aber gewiß könnt ihr vier oder fünf Seiten schreiben. Mindestens fünf, denke ich."

Sie flüchteten dankbar und hatten das Gefühl, noch einmal gut davongekommen zu sein.

„Das ist ja noch mal gutgegangen", stöhnte Cindy. „Eigentlich sind sie doch alle ziemlich nett hier, oder? Richtig menschlich."

„Aber Mr. Dominick und Madam machen mit doch ganz schön angst", sagte Rose. „Ich glaube, es war wirklich mutig von dir, wie du mit ihm gesprochen hast."

„Und ich glaube, es war mutig von dir, einen Weg zu finden, um die Probe zu sehen!" erwiderte Cindy fröhlich. „Schließlich haben wir sie ja gesehen!" Sie lachten und rannten in den Umkleideraum.

Zwangspause

Seit einigen Wochen gab es eine Theater-AG an der Schule. Eine ehemalige Schauspielerin gab Unterricht, die Teilnahme war freiwillig. Cindy hatte sich gleich angemeldet – zum Ärger ihrer Großmutter, die gereizt fragte, ob sie denn noch nicht beschäftigt genug sei.

„Du hast doch selbst gesagt, Schauspielunterricht wäre vorteilhaft", meinte Cindy. „Und mir würde es doch so viel Spaß machen ... Sei kein Frosch, Ömchen. Sag ja!" Also hatte Mrs. Chester seufzend nachgegeben.

In der ersten Stunde stellte Cindy fest, daß auch Jan Williams dabei war. Er stand mit einer Gruppe älterer Schüler zusammen. Cindy sah zu ihm hinüber, und als er sie bemerkte, lächelte er ihr freundlich zu. Aber dann war er gleich wieder ins Gespräch vertieft und beachtete sie nicht mehr.

Wie käme er auch dazu, dachte Cindy und warf einen Blick in den Spiegel. Ich sehe aus wie ein Baby, stellte sie fest und wünschte sich zum erstenmal, nicht ganz so zart und klein zu sein. Plötzlich fühlte sie sich linkisch und gehemmt, bei der ersten Leseprobe geriet sie ins Stottern und wurde rot. Wie gerne hätte sie vor Jan selbstsicher und erwachsen gewirkt! Aber je mehr sie es sich vornahm, desto unsicherer wurde sie.

Ich bin ihm sowieso egal, redete sich sich ein. Er sieht mich überhaupt nicht! Also entspann dich, Cindy.

Aber ihr Herz klopfte jedesmal, wenn sie ihn sah. Sie freute sich auf jede Schauspielstunde und war mit Feuereifer dabei – auch wenn sie den wahren Grund für diese Begeisterung noch nicht einmal vor sich selbst zugeben wollte ...

Kurz vor den Osterferien wurden die Schüler und

Schülerinnen der Dominick-Schule ärztlich untersucht. Cindy war angst und bange davor. Sie fühlte sich ziemlich kaputt. Doch die Ärztin, Dr. Merritt, schien mit ihr zufrieden zu sein. Cindy war erleichtert, und die letzten Ballettstunden vor den Ferien machten ihr fast noch mehr Spaß als bisher schon.

Ostermontag lag auf dem siebenten April, und der Frühling schien sich endlich durchzusetzen. Die Verkaufsstände der Straßenhändler quollen über von Narzissen und Märzenbechern, und auch in den Parkanlagen waren hier und da gelbe Narzissen zu sehen. Aber der Wind war immer noch sehr kalt, und als Cindy ihren Koffer packte für den Besuch bei Jenny, bestand Mrs. Chester darauf, daß sie einige warme Sachen und feste Schuhe mitnahm.

„Und du sollst dich richtig erholen. Vergiß mal alles, was mit Ballett und Schule zu tun hat", schärfte sie ihr immer wieder ein.

In Willerbury wurde Cindy von Jenny und ihrer Mutter in Empfang genommen. Sie sollte zunächst bei den Pilgrims bleiben und dann mit Jenny aufs Land fahren.

Es kam ihr sehr komisch vor, wieder in Willerbury zu sein und all die vertrauten Straßen und Geschäfte zu sehen. Auf der Fahrt vom Bahnhof fuhr Mrs. Pilgrim an der Selswick-Schule vorbei. Cindy lehnte sich aus dem Autofenster und sah an dem dunklen Gebäude hoch. Aus einem dieser hohen Fenster hatte sie vor fast neun Monaten auf die Straße hinuntergesehen und gewußt, daß sie dort nie wieder tanzen würde. Sie hatte sogar gedacht, daß sie nie wieder irgendwo tanzen würde. Und nun war sie Elevin an der Dominick-Schule, und die Welt des Balletts stand ihr offen – wenn sie nur hart genug arbeitete und genügend Talent zeigte.

„Ömchen sagt, ich soll alles übers Ballett vergessen", bemerkte sie, und Jenny lachte.

„Keine Angst, Cindy. Jetzt, wo du aus deiner schummerigen Zauberwelt herausgekrochen bist, werde ich dich so schnell nicht wieder zurück lassen."

„Die Dominick-Schule ist nicht schummerig und auch keine Zauberwelt!" antwortete Cindy spitz. „Sie ist ein sehr erdverbundener Ort."

„Na, du weißt schon, was ich meine. Ballett hat doch eigentlich nicht viel mit der Wirklichkeit zu tun."

„Das sieht nur von außen so aus", sagte Cindy, plötzlich nachdenklich geworden. „Natürlich weiß ich, was du meinst. Ich spüre es selber jedesmal, wenn der Vorhang hochgeht."

„Das Landleben wird dir jedenfalls guttun. Weißt du, da gibt's kleine Katzen und Küken und Kälber und sogar ein Fohlen."

„Aber zuerst muß sie uns über ihre Fortschritte berichten", wandte Mrs. Pilgrim ein. Als sie bei Rot an der Ampel wartete, betrachtete sie ihren Gast neugierig im Rückspiegel. „Ich kann überhaupt nicht sagen: ‚Du bist aber groß geworden.' Denn das bist du gar nicht. Du bist anscheinend kaum gewachsen."

„Ich will auch nicht groß werden", antwortete Cindy, beinahe empört. „Im letzten Schuljahr gab es bei uns zwei Mädchen, denen hat man gesagt, daß es keinen Zweck hat weiterzumachen. Sie waren zu schnell gewachsen. Und dabei sind beide sehr begabt."

„Es ist schlimm, wenn so etwas passiert", stimmte Mrs. Pilgrim zu.

„Sie haben fürchterlich geweint. Mir war richtig schlecht und allen anderen auch. Das könnte schließlich jedem passieren."

„Na ja, dir bestimmt nicht, Cindy. Du bist so klein für dein Alter. Gefällt dir die Dominick-Schule?“

„Ja, ganz toll!“ Cindy strahlte. „Das meiste jedenfalls. Und nach den ersten beiden Monaten habe ich auch ganz gut aufgeholt. Jetzt geht es schon einigermaßen.“

„Das hört sich ja an, als wärst du vorher ein hoffnungsloser Fall gewesen.“

„Ich war wirklich nicht gut. Ich hatte viel Zeit verloren.“

„Und keiner weiß dort, wer du bist?“ Mrs. Pilgrim lächelte ungläubig. Sie konnte es immer noch nicht richtig fassen, daß Cindy Adams, der sie einst geholfen hatte, an die Selswick-Schule zu kommen, die Tochter der großen Elizabeth Ivory war.

„Nur Colin Amberdown, und der gehört nicht zur Schule. Er ist ein Freund von Mr. Dominick.“

„Und diesen wichtigen Mann siehst du wohl nie? Oder höchstens von weitem.“

„Doch, er kennt sie schon!“ rief Jenny, die umfassend informiert war. „Das hab' ich dir doch erzählt, Mutti. Er hat sie beobachtet, wie sie mit Queenie, diesem arroganten Biest, gekämpft hat. Und dann hat er sie noch bei einer Kletterpartie erwischt.“

„Da hat sie es auch verdient, Ärger zu bekommen! So, da sind wir, und die Jungen werden auch zum Tee dasein.“

Cindy kam es komisch vor, wieder einmal bei Jenny zu Besuch zu sein, und zuerst war sie den Jungen gegenüber ein bißchen zurückhaltend. Aber nach kurzer Zeit war wieder ihr altes, fröhliches Verhältnis zu Jennys Brüdern da. Philipp, der Älteste, erschien ihr fast wie ein Erwachsener. Er wurde bald achtzehn und wollte im Oktober nach London ziehen und dort Medizin studieren.

„Vielleicht treffen wir uns ja manchmal, du schwarzhaariger Brummkreisel." Er grinste sie breit an.

„Du könntest mal zum Tee bei uns vorbeikommen", schlug Cindy unsicher vor. „Aber das machst du sowieso nicht."

„Aber warum denn nicht? Ich würde mich über eine anständige Mahlzeit sehr freuen. Ich werde wohl ein ziemlich kärgliches Studentendasein fristen ..."

„Cindys Großmutter wird dir sicher gerne ein üppiges Mahl kochen", sagte seine Mutter belustigt. „Und vielleicht nehmen sie dich auch mit ins Ballett. Cindy kennt sich aus. Sie wäre eine interessante Begleiterin."

„Na ja, so großartig ist es nun auch wieder nicht", widersprach Cindy hastig.

„Ich dachte, du würdest mich mit sämtlichen Stars und Sternchen bekannt machen", neckte Philipp sie.

„Hör nicht auf diesen Quatschkopf", sagte Jenny zu ihrer Freundin. „Nimm lieber noch ein Stück Kuchen, und ignoriere ihn einfach. Er ist in letzter Zeit ein bißchen frech."

Jenny hatte Joy Kelly zu Besuch eingeladen. Sie kam am selben Abend vorbei, um Cindy wiederzusehen, und Cindy freute sich sehr, den neuesten Klatsch von der Selswick-Schule zu hören. Es war ein fröhlicher Abend. Und als Cindy ins Bett ging, das in dem Raum stand, wo sie früher zusammen mit Jenny geübt hatte und der nun als Gästezimmer diente, kam es ihr so vor, als wären seit ihrer Abreise aus London Tage und nicht erst einige Stunden vergangen.

Nach zwei Tagen lud Mrs. Pilgrim die beiden Mädchen und ihre Koffer in das Auto und brachte sie hinaus auf das grüne Land von Warwickshire. Die Bäume glänzten im Schmuck ihrer Blätter, und in den Bauerngärten blühten die Blumen. Gelegentlich kamen sie an großen Hekken von leuchtenden Schlehdornbüschen vorbei. Und auch die Kirschblüte setzte in den Obstgärten schon ein.

„Wie ich den Frühling liebe!“ rief Jenny. „Wie steht’s eigentlich mit dem Miststreuen, Cindy?“

„Ich hab’ meine Reise-Mistgabel dabei. Ich bin schon ganz wild drauf!“ gab Cindy übermütig zurück.

Der Bauernhof sah so aus wie immer: ein altes Fachwerkhaus, umgeben von Obstgärten und Wäldern, in denen die ersten Kuckucke riefen.

Der Hof war anderthalb Kilometer entfernt von dem malerischen Dorf. Cindy und Jenny fuhren oft mit dem Fahrrad hin, um einzukaufen.

Cindy sog die würzige Luft ein und seufzte. „Es ist schön, wieder auf dem Land zu sein! Ich liebe London, aber manchmal möchte ich auch hier sein, wo die Luft so himmlisch riecht.“

Jennys Onkel und Tante bereiteten ihnen einen warmen Empfang, und sie tranken alle gemeinsam Tee in der großen Bauernküche. Dann fuhr Mrs. Pilgrim zurück nach Willerbury, und die Mädchen sahen beim Melken zu.

Jenny legte natürlich gleich mit Hand an. Danach machten sie einen kleinen Rundgang und schauten sich die Tierkinder auf dem Bauernhof an.

Die kleinen Katzen waren so niedlich, daß Cindy sich kaum von ihnen trennen wollte, nicht einmal, um sich das neue Fohlen anzusehen, das zusammen mit seiner Mutter am Meadow-Fluß weidete.

„Ach, wenn ich bloß selber ein Kätzchen haben könnte!“ seufzte sie.

„Tantchen wird dir nur zu gerne eines geben“, sagte Jenny.

„Aber du weißt doch, daß ich keins haben darf. In unserer Wohnung sind weder Babys noch Tiere erlaubt. Was sind das doch für schreckliche Leute, die sich solche Regeln ausdenken!"

„Dann such dir eins aus, und frag Tantchen, ob sie es für dich pflegt. Dann gehört es immer dir, wenn du kommst."

Cindy überlegte lange. Dann entschied sie sich für das Kätzchen mit den hübschen schwarzen Flecken und kündigte an, daß es Esmeralda heißen sollte.

„Um Himmels willen!" Jenny war entsetzt. „Was ist das denn für ein Name! Warum nennst du das Kätzchen nicht einfach Muschi oder Mietze oder so ähnlich?"

„Esmeralda", sagte Cindy entschlossen. „Das ist ein Ballett."

„Tatsächlich? Aber das hätte ich mir denken müssen!" ächzte Jenny. „Na ja, mach, was du für richtig hältst, aber wir werden das kleine Ding sowieso Muschi nennen."

„Du hast mir doch gesagt, daß ich es taufen soll!" Cindy blieb standfest. Sie war sehr erleichtert, als Jennys Tante versprach, Esmeralda zu behalten, und sogar den Namen sehr hübsch fand.

Es war eine herrliche Zeit. Die Dominick-Schule, der Ballettunterricht, die Schauspielstunden – alles rückte in weite Ferne. Nichts war in dieser Zeit wirklich wichtig für Cindy als die wunderbare Aprilluft, die langen Gespräche mit Jenny, die Spaziergänge in den Wäldern und die Fahrradtouren, die sie gemeinsam unternahmen.

Cindys vornehme Blässe wich einer frischen Farbe, und sie legte sich einen ordentlichen Appetit zu. „Das Landleben bekommt dir", stellte Jenny zufrieden fest. „Du siehst zur Abwechslung mal richtig gesund aus. Deine Großmutter wird begeistert sein!"

Aber dann wurde das Wetter kalt und regnerisch, und eines Nachmittags, als Cindy und Jenny mit den Fahrrädern unterwegs waren, gerieten sie in einen heftigen Schauer. Sie hatten zwar Regenjacken dabei, aber die reichten nicht aus, den starken Guß abzuhalten. Als sie den Bauernhof erreichten, waren beide klatschnaß und durchgefroren. Jenny war nach einem heißen Bad und einem heißen Tee wieder obenauf. Aber Cindy hörte nicht auf zu zittern, und schon am nächsten Tag, als sie wieder nach London fahren wollte, litt sie unter einer schlimmen Erkältung.

Mrs. Pilgrim war ganz verzweifelt, als sie die Mädchen frühmorgens abholen kam. „Ich weiß nicht, was Mrs. Chester dazu sagen wird. Und ich habe so gehofft, daß Cindy sich hier erholen würde."

„Hab' ich doch auch", hustete Cindy und schniefte. „Es ist doch gar nichts. Es geht bald wieder weg."

Doch die Erkältung tat ihr diesen Gefallen nicht. Als der Zug in den Bahnhof Paddington einlief, fröstelte sie und fühlte sich fiebrig. Ihre Großmutter brauchte sie nur anzusehen, dann rief sie aus: „Meine Güte! Du mußt sofort ins Bett. Wie hast du denn diese Erkältung erwischt?"

Cindy erzählte, was passiert war, und daß es ihr auf der Fahrt immer schlechter gegangen sei. Mrs. Chester schüttelte den Kopf und schob sie in ein Taxi.

Cindy war froh, mit einer Wärmflasche ins Bett gehen zu können, aber sie machte sich große Sorgen.

„Ach Ömchen, heute ist schon der vierzehnte, und übermorgen fängt die Schule wieder an", krächzte sie.

Mrs. Chester schaute in ihr gerötetes Gesicht und sagte: „Ich habe den Arzt gerufen. Es ist besser, wenn du erst mal untersucht wirst. Und am sechzehnten fängt doch bloß der Tanzunterricht an. Die Schule beginnt ja erst eine Woche später."

„Aber ich darf gerade die Tanzstunden nicht versäumen! Ich darf den Anschluß nicht verlieren!" Cindy war todunglücklich.

„Nun, es hilft nichts, wenn du dich jetzt aufregst. Davon wirst du auch nicht schneller gesund."

Als der Arzt sie abends untersuchte, schüttelte er den Kopf. „Ich fürchte, du hast eine Lungenentzündung. Es sieht nicht gut aus. Du darfst auf keinen Fall aufstehen, bevor ich dich nicht noch einmal untersucht habe. Wenn es nicht schlimmer wird, komme ich erst Donnerstag wieder."

„Aber Donnerstag ist der siebzehnte!" keuchte Cindy und blinzelte den Arzt über die Bettdecke hinweg an.

„So ist es. Warum?" fragte er.

„Ich muß zum – zum Ballettunterricht am Mittwoch."

„Das tut mir leid, mein Kind, aber der Ballettunterricht ist fürs erste gestrichen. Nun beruhige dich und schlaf gut. Es hat keinen Zweck, sich aufzuregen, und es ist ja auch keine Sache von Leben und Tod, oder?"

„Für mich schon", krächzte Cindy.

„Unsinn! Was macht es schon, wenn du eine Woche nicht tanzen darfst? Du holst es bald wieder auf." Dann ging er weg.

„Ich halt's nicht aus!" schniefte Cindy, als der sympathische Arzt zur Tür hinaus war. Und sie fühlte sich sehr elend und niedergeschlagen. Sie hatte sich so sehr auf die ersten Ballettstunden gefreut! Und nun lag sie hier im Bett. Es war zum Verrücktwerden!

Aber am nächsten Tag fühlte sie sich so krank, daß sie gar nicht mehr daran dachte aufzustehen und froh war, daß sie schlafen durfte.

Am sechzehnten holte Mrs. Chester den Arzt nochmals, und er war beunruhigt über Cindys hohes Fieber. Er verschrieb verschiedene Medikamente.

„Sie wird mindestens drei Wochen nicht zur Schule gehen können", sagte er zu Mrs. Chester. „Das ist niederschmetternd für sie, und ich verstehe, daß Ballettschüler ein hartes Leben führen. Aber wenn sie zu früh aufsteht, besteht die Gefahr eines Rückfalls. Und das könnte gefährlich werden. Dann würde sie jedenfalls noch wesentlich länger fehlen."

Jenny schrieb einen Brief, in dem sie sich vielmals entschuldigte. „Es war ganz allein mein Fehler, daß wir an jenem Nachmittag rausgegangen sind! Ich weiß, was es dir ausmacht, auch nur eine Ballettstunde zu versäumen. Es muß schrecklich für dich sein. Cindy, sei nicht böse!" Es folgte ein Päckchen mit kleinen Geschenken – Süßigkeiten, ein Puzzle, Zeitschriften und andere Kleinigkeiten. Cindy freute sich sehr darüber. Es ging ihr bald besser.

Sie machte Jenny natürlich nicht im geringsten für ihre Krankheit verantwortlich, aber sie erinnerte sich mit Schaudern an jenen nassen Nachmittag. Das war aber auch ein Unwetter gewesen! Und sie hatte so schrecklich gefroren, daß sie dachte, es würde ihr nie wieder warm werden.

Je besser es ihr ging, desto unruhiger wurde sie. Sie begann sich zu langweilen und lag ihrer Großmutter jeden Tag aufs neue in den Ohren, ob sie denn nicht endlich aufstehen dürfe.

Sie wurde launisch und unleidlich. „Ich werde das nie aufholen können", jammerte sie. Zum Schluß verstieg sie sich in die Idee, die Direktion könne glauben, daß sie sich drücken wolle.

„Red keinen Unsinn“, entgegnete Mrs. Chester gereizt. „Ich habe mit Miss Lane telephoniert. Sie wünscht dir gute Besserung. Du bist bestimmt nicht das erste Mädchen, das einmal fehlt. Das kann doch jedem passieren! In letzter Zeit waren viele krank.“

„Aber die können es sich leisten, den Unterricht zu versäumen. Ich nicht!“ sagte Cindy bockig. „Ich wollte doch in diesem Frühjahr so hart arbeiten!“

„Tu mir bitte einen Gefallen, mach das Beste daraus, und verschlimmere die Lage nicht noch, indem du dich unnötig aufregst. Es ist genau so, wie ich immer gesagt habe: Dieses Ballettleben ist unnatürlich für ein Kind. Es ist einfach lächerlich und unangebracht, wenn sich ein zwölfjähriges Mädchen Sorgen darüber machen muß, ob es die harte Arbeit aushält!“ Mrs. Chester war am Ende ihrer Geduld.

„Wir müssen es alles noch einmal miterleben!“ sagte sie zu ihrem Mann. „Ich hatte mich dagegen gewappnet, denn ich wußte, daß Zeiten wie diese kommen würden. Es war mit Betsy genau dasselbe. Wir konnten sie damals kaum bändigen, als sie ihr Fußgelenk verstaucht hatte und das Bein ruhighalten mußte. Das Leben war schier unerträglich, wenn sie krank war.“

„So ist das nun mal, und wir müssen uns einfach damit abfinden“, sagte Mr. Chester gelassen. „Cindy weiß, was sie will, und sie weiß, daß sie nur durch harte Arbeit dorthin gelangt.“

„Sie sollte lieber noch mit Puppen spielen“, erwiderte Mrs. Chester grimmig.

„Ach was! Sie wird im Herbst dreizehn. Du wirst dich daran gewöhnen müssen, daß sie langsam erwachsen wird.“

Rose war die erste, die Cindy eines Tages nach der

Schule besuchte. Sie brachte eine Flut von Neuigkeiten mit. „Ich vermisse dich sehr. Ich habe nicht halb soviel Spaß ohne dich“, gestand sie ihrer Freundin.

Cindy lauschte sehnsüchtig den Erzählungen Roses über die Geschehnisse in den Tanzstunden. Daphne und Queenie schienen sich sehr verbessert zu haben, was Cindy ausgesprochen beunruhigte.

„Jill hat sich einen Ballettschuh nicht richtig zugebunden und sich den Fuß verletzt. Das war vielleicht eine Aufregung. Ach, und wir hatten eine Vorlesung über die Beziehung der Kunst zum Ballett oder so. Teilweise war sie sehr interessant, aber vieles habe ich einfach nicht verstanden. Hinterher mußten wir einen Aufsatz darüber schreiben, und meiner ist bestimmt völlig daneben.“

Eines Nachmittags kamen auch ein paar Leute von der Theater-AG vorbei. Zu Cindys grenzenloser Überraschung war auch Jan Williams dabei. Er überreichte ihr einen Tulpenstrauß. „Damit unser krankes Hascherl auch was vom Frühling mitbekommt“, sagte er und grinste.

Cindy wurde beinahe so rot wie ihr Pyjama. Sie ärgerte sich maßlos darüber und versuchte sich möglichst lässig zu geben. Wahrscheinlich sehe ich aus wie eine Vogelscheuche, dachte sie verwirrt.

Aber sie freute sich wie ein Schneekönig über den Besuch und konnte es jetzt noch weniger erwarten, endlich wieder aufstehen zu können.

„Wer war denn der blonde Bub?“ erkundigte sich die Großmutter, als die Gruppe sich verabschiedet hatte. „Der sieht aber nett aus!“

„Och – der ist ganz o. k.“, meinte Cindy betont gleichgültig.

Sie sank erschöpft, aber glücklich in ihre Kissen und träumte für den Rest des Nachmittags selig vor sich hin.

Cindy tanzt in den Bergen

Als Cindy wiederhergestellt war, fuhr sie auf Empfehlung des Hausarztes zusammen mit ihren Großeltern für ein verlängertes Wochenende an die Südküste – „zum Auslüften und Frischlufttanken“, wie der Doktor gemeint hatte.

Cindy spazierte durch die windgepeitschte, scheinbar endlose Weite der Romney-Marsch. Sie blickte träumerisch über den blauen Ärmel-Kanal – hinter dem Dunst über dem Wasser mußte Frankreich liegen. Sie warf ihren Anorak in den Sand, streckte sich und tanzte. Sie war glücklich – und es kam ihr vor, als wäre sie nie krank gewesen.

Es wurde Mitte Mai, bis sie wieder zur Schule ging. Es tat so gut, zu trainieren, mit den Freundinnen zusammen zu sein und den neuesten Tratsch über die Kompanie auszutauschen!

Aber es fiel ihr nicht leicht, mit den anderen gleichzuziehen. Ihre Glieder waren steif geworden, und die Ballettstunden strengten sie an. Sie war geknickt.

Eines Tages sagte Miss Bower am Ende der Stunde: „Cindy, bleib noch einen Augenblick da, bitte.“ Cindy erschrak. Was hatte das zu bedeuten? War sie so schlecht geworden, daß Miss Bower ein persönliches Gespräch für nötig hielt?

Rose drückte ihr die Hand, bevor sie in die Dusche ging, und die anderen tuschelten.

Als der Saal sich geleert hatte, sagte Miss Bower: „Ich beobachte dich schon eine ganze Weile, Cindy. Was ist los mit dir? Du wirkst bedrückt und lustlos.“

Cindy war überrascht. Sie hatte eine ernste Rüge erwartet – aber nicht diese freundliche Anteilnahme. Daß die unnahbare Lehrerin soviel Mitgefühl aufbrachte, hätte sie nicht gedacht.

„Ich hab' soviel versäumt, Miss Bower", sagte sie unsicher. „Und manchmal hab' ich das Gefühl, ich schaffe den Anschluß nicht mehr." Tränen der Enttäuschung und der Erschöpfung traten in ihre Augen. Sie schämte sich.

Die Lehrerin lächelte – beinahe liebevoll und gar nicht schnippisch wie sonst. „Ich weiß, daß ich euch hart anfasse. Aber das ist auch notwendig, Cindy. Ihr müßt frühzeitig lernen, euch zu beherrschen – den Körper und den Geist. Sonst werdet ihr das Leben einer professionellen Tänzerin nicht durchstehen. Auch Krankheit und Erschöpfung gehören dazu – das bleibt niemandem erspart. Du mußt lernen, auch mit Rückschlägen fertig zu werden."

Cindy nickte. Miss Bower legte die Hand auf ihre Schulter und sagte: „Du brauchst dir keine Sorgen zu machen. Du beherrschst die Grundstellungen, und der Rest kommt schon wie von selbst. Da hab' ich bei dir überhaupt keine Bedenken. Also, laß den Kopf nicht hängen!" Sie nahm ihre Tasche und ging hinaus – die nächste Klasse wartete schon.

Cindy sah ihr nach. Dann beeilte sie sich, in die Dusche zu kommen. Während sie sich anzog, summte sie vor sich hin – es war, als wäre eine Riesenlast von ihr genommen. Jedenfalls stand sie offenbar nicht kurz davor, als hoffnungsloser Fall von der Schule zu fliegen.

Rose blickte sie fragend an, als sie verspätet ins Klassenzimmer kam und sich auf ihren Platz setzte. Cindy nickte nur. „Alles klar!" flüsterte sie, und schon begann der Unterricht.

Die Zeit schien zu rasen. Aus Mai wurde Juni, und der

Juni ging in den Juli über. Cindy trainierte nach dem Gespräch mit Miss Bower wieder mit Mut und war mit Energie bei der Sache – das Lob der bewunderten Lehrerin hatte ihr Kraft gegeben, und der ständige Kontakt mit der Kompanie feuerte sie an.

Natürlich nahm sie auch wieder am Schauspielunterricht teil. Als sie zum erstenmal wieder hinging, war sie ziemlich aufgeregt – sie freute sich darauf, Jan wiederzusehen, und hatte an diesem Tag extra ihre Jeans angezogen, die so gut saßen, und den neuen Pullover, der ihr gut stand. Als sie in den Saal kam, wo sie immer probten, war Jan schon da und alberte mit ein paar älteren Mädchen herum. Als er Cindy sah, winkte er und rief: „Na, wieder auf den Beinen?" Doch dann unterhielt er sich weiter angeregt mit den anderen. Ist doch egal, dachte Cindy. Aber sie war irgendwie enttäuscht.

Später sah sie Jan immer häufiger zusammen mit einem Mädchen aus seinem Jahrgang. Mary war ebenso blond wie er – und nicht nur ziemlich gutaussehend, sondern auch fröhlich und sympathisch, wie Cindy wider Willen zugeben mußte. Was soll's, dachte sie und stürzte sich verbissener als je zuvor in ihr Ballettraining.

Im Sommer ging die Kompanie auf Tournee und wurde am Red Lion Square nicht mehr gesehen. Es gab Vorstellungen in Birmingham, Manchester, Liverpool und Glasgow und schließlich auf dem Festival in Edinburgh. Cindy verfolgte die Berichterstattung in den Zeitungen, war stolz auf jedes lobende Wort und konnte sich fürchterlich aufregen, wenn eine Kritik nicht ganz so positiv ausfiel.

„Als hätten diese Schreiberlinge auch nur den Funken einer Ahnung", zischte sie einmal böse.

„Damit wirst du leben müssen – du kannst dich gar nicht früh genug damit abfinden“, sagte ihre Großmutter und lachte über den Eifer ihrer Enkelin.

„Es muß doch wunderbar sein, auf Tournee zu gehen!“ sagte Cindy zu Rose. „Ich glaube, es werden noch Jahre über Jahre vergehen, bis wir in einem Theater tanzen, wenn wir es überhaupt jemals schaffen werden.“

„Ach, das kann schnell gehen“, mischte sich Gwendolyn aus der achten Klasse ein, die dem Gespräch zugehört hatte. „Einige von uns werden Weihnachten im Dominick-Theater tanzen. Wißt ihr denn nicht, daß die Schule kurz vor Weihnachten immer eine Matinee veranstaltet? Letztes Jahr war ich dabei, aber natürlich nur im Corps de ballet. Einige bekommen manchmal sogar ein Engagement beim Theater.“

„Das wußte ich nicht“, erwiderte Cindy. „Ich dachte nicht, daß so etwas möglich wäre. Bei der Pantomime, meinst du?“

„Ja, manchmal. Es wird zwar nicht gern gesehen, und in einigen Ballettschulen ist es sogar verboten, aber es kommt schon mal vor. Letztes Jahr gab es da eine Ballettschülerin, die für drei Monate in einem Stück am Westend-Theater mitgemacht hat. Sie hatte das Geld dringend nötig. Sie wurde als Ersatztänzerin eingestellt. Aber das blieb sie nicht lange, denn die andere Tänzerin wurde krank, und sie übernahm dann die Rolle. Sie heißt Marlene Bellino und ist eine Klasse über uns.“

„Ach!“ riefen Cindy und Rose. Sie kannten Marlene vom Sehen: ein hübsches, dunkelhaariges Mädchen von dreizehn Jahren, das man für sehr vielversprechend hielt.

„Uns wird so etwas bestimmt nicht passieren“, sagte Rose und seufzte.

Cindy war jetzt immer öfter mit Rose zusammen, und

Mrs. Chester gab unumwunden zu, daß sie ein nettes Mädchen war. Cindy mochte auch Roses Familie. Sie gingen so offen und natürlich miteinander um und gaben Cindy schon bald das Gefühl dazuzugehören.

Roses Vater war sehr stolz auf seine Tochter. „Wir werden sie eines Tages noch im Fernsehen bewundern können", sagte er einmal, und Rose rief unwillig: „Ich hoffe sehr, daß du dieses Vergnügen haben wirst, Vati. Aber nur, wenn die Ballettkompanie gezeigt wird. Ich möchte eine klassische Tänzerin werden und nicht beim Fernsehballett landen."

Ihre Eltern waren allerdings der Meinung, daß es viel attraktiver war, vor Millionen Zuschauern zu erscheinen, als in einem zugigen Theater vor wenigen hundert aufzutreten.

Das Schuljahr ging allmählich seinem Ende entgegen. Cindy bekam langsam die Folgen der dauerhaften Belastung durch ihr hartes Training zu spüren. Sie war oft nervös und abgespannt. Die übliche medizinische Untersuchung überstand sie zwar problemlos – doch Mrs. Chester wußte, daß ihre Enkelin nicht in der besten seelischen Verfassung war. Und so hatte sie einen längeren Urlaub in der Schweiz geplant.

Cindy freute sich – schließlich war sie bisher noch nicht auf dem Festland gewesen. Allerdings konnte sie es sich kaum vorstellen, sechs lange Wochen nicht zu trainieren, keinen Schauspielunterricht zu haben, Jan nicht zu sehen –

Alles Quatsch! sagte sie sich. Jan ist mir egal! Aber sie wußte, daß das nicht stimmte.

Jenny hatte geschrieben, daß sie in diesem Sommer nur zwei Wochen auf dem Bauernhof ihrer Tante verbringen werde. Danach fuhr sie mit ihren Eltern nach Llandudno in Wales. „Eigentlich habe ich gar keine Lust, da hinzufahren. Wahrscheinlich ist die ganze Gegend mit Touristen überschwemmt“, schrieb sie. „Aber was soll's – vielleicht wird's ja auch ganz schön.“

Jennys Eltern hatten Cindy eingeladen mitzufahren, aber daraus wurde nichts, denn Mrs. Chester hatte genau für diese Zeit den Urlaub in der Schweiz gebucht. Cindy war enttäuscht, daß sie Jenny in diesem Sommer nicht sehen sollte, und Mrs. Chester versprach, Jenny Ende Oktober nach London einzuladen.

Rose war die einzige in der Klasse, die während der ganzen Ferien in London blieb. Cindy hätte sie am liebsten mit in die Schweiz genommen. Aber das war unmöglich – eine solche Reise hätten sich die Conways niemals leisten können.

Die Chesters fuhren am siebenten August in die Ferien, und Cindy bestand darauf, ihre Ballettschuhe mitzunehmen. Sie hatte vor zu üben, wenn es irgendwo ein geeignetes Plätzchen dafür gab.

Sie überquerten den Kanal an einem herrlichen, windstillen Nachmittag, und Cindy genoß jeden Augenblick der Reise. Besonders gefiel ihr das ungewohnte Gefühl, eingemummelt in der Schlafkoje des rumpelnden französischen Zuges zu liegen.

Sie schlief gut, und als sie erwachte, stellte sie fest, daß sie schon an der französisch-schweizerischen Grenze angekommen waren. Aber es dauerte noch eine ganze Weile, bis sie zum erstenmal die schneebedeckten Gipfel des Berner Oberlandes erblickte. Erst mittags war die Reise in einem hochgelegenen Tal zu Ende. Die Sonne strahlte, ein kristallklarer Wasserfall rauschte von einem Gletscher in die Tiefe. Cindy, die noch nie in den Bergen gewesen war, bewunderte das traumhafte Panorama. Sie fuhren mit dem Taxi zu ihrem Hotel, das am Rande des Städtchen idyllisch gelegen war – ein wunderschönes Haus, mit Malerei verziert und mit üppigem Blumenschmuck.

Cindys Zimmer hatte einen kleinen Balkon. Von dort hatte sie eine prächtige Aussicht auf die Schneefelder und Gletscher der nahen Berge. Nach dem Abendessen zog sie sich ziemlich bald auf ihr Zimmer zurück, holte sich einen Sessel auf den Balkon, und nun saß sie dort und betrachtete das Alpenglühen.

Jenseits der mächtigen Berge mußte Italien liegen – dort verbrachte Jan mit seiner Familie den Urlaub. Cindy seufzte und schloß die Augen. Sie dachte an die letzte Schauspielstunde vor den Ferien, als sie sich alle voneinander verabschiedet hatten. Die meisten umarmten sich, wie es eben so üblich war, und ehe sie denken konnte, stand sie Jan gegenüber. Der feixte und schloß sie kurz in die Arme, wie er es mit allen anderen auch schon getan hatte. „Also dann tschüs – und brech dir in den Bergen nicht die Haxeln beim Kraxeln!" sagte er. Cindy murmelte irgend etwas, was möglichst locker klingen sollte.

„Jan – kommst du? Wir müssen gehen!" hatte Mary in diesem Moment gerufen, und Jan war mit ihr verschwunden ...

„Cindy!" Die Stimme der Großmutter riß sie aus ihren Träumereien. „Was machst du?" Mrs. Chester trat auf den Balkon und strich ihrer Enkelin übers Haar.

„Ich sitz' nur da und guck' in die Gegend", brummelte Cindy, nicht gerade erbaut über die Störung.

„Es ist wunderbar hier, findest du nicht?" Die Großmutter stellte sich ans Geländer und betrachtete die Aussicht.

„Hinter den Alpen liegt Italien, nicht?" fragte Cindy.

„Wie kommst du denn jetzt darauf? Gefällt es dir hier nicht?“ fragte Mrs. Chester überrascht.

„Na ja – ich hab' gesehen, daß unser Zug noch bis nach Rom weiterfuhr. Da hab' ich dran gedacht, daß es ja gar nicht mehr so weit ist von hier bis nach Italien“, meinte Cindy ausweichend. „Und außerdem ist doch mein Vater in Mailand geboren – stimmt's? Vielleicht könnten wir ja mal hinfahren! Es würde mich schon interessieren, wo meine Familie herkommt –“

Mrs. Chester sah sie erstaunt an. Es war das erstemal, daß iher Enkelin Interesse am Heimatland ihres verstorbenen Vaters bekundete.

„Ich glaube, in diesem Sommer sind wir weit genug gereist“, sagte sie. „Man könnte die Grenze zwar in ein bis zwei Stunden erreichen, aber bis nach Mailand ist es doch noch eine ganz schöne Strecke. Wir wollen doch erst mal richtig Urlaub machen, entspannen, wandern – und nicht stundenlang durch die Gegend fahren. Du hast es am nötigsten von uns allen, Cindy.“

Als sie das enttäuschte Gesicht ihrer Enkelin sah, fügte Mrs. Chester hinzu: „Wenn es dich wirklich so brennend interessiert, können wir ja im nächsten Jahr nach Italien fahren.“

„Das wär' ja super“, sagte Cindy und gab ihrer Großmutter einen liebevollen Schmatz auf die Backe.

„Wir machen noch einen Spaziergang – kommst du mit?“ fragte Mrs. Chester .

„Aber nur, wenn ich noch ein Eis krieg'“ meinte Cindy, und Mrs. Chester hatte nicht das geringste dagegen einzuwenden.

Wie sich herausstellte, gab es im Hotel einen Gymnastikraum, und Cindy konnte jeden Morgen eine Stunde lang ein kleines Training absolvieren.

Schon bald freundete sie sich mit den drei Kindern einer englischen Familie an, und wenn nicht mit ihren Großeltern unterwegs war, ging sie mit Sara, Ruth und David Crosby – so hießen die drei – in dem nahe gelegenen See baden, oder sie saßen im Eiscafé und betrachteten die Leute. Die Crosbys waren begeisterte Wanderer, und Cindy begleitete sie oft auf ihren ausgedehnten Bergtouren. Sie hatte sich eigens einen Sonnenhut gekauft und einen kleinen Rucksack und sah „einfach süß" aus, wie David Crosby bemerkte.

Cindy blühte auf, wurde braun wie eine Nuß und stellte fest, daß sie London und die Schule kein bißchen vermißte.

Als sie eines Nachmittags wieder einmal im Café saßen und ihr Eis löffelten, kam ein junger Mann auf die Terrasse, der sofort die Aufmerksamkeit der Gäste auf sich zog. Er trug das lange Haar im Nacken zum Zopf gebunden, ein schwarzes Shirt mit der Aufschrift „Sundance Company" und knallbunte Pluderhosen. Er verteilte Flugblätter, und als er am Nebentisch stand, hörten sie, wie er mit den Gästen ein paar Worte auf englisch wechselte.

„Was ist denn los?" sprach David ihn an, als er an ihren Tisch trat. „Wir können leider kein Deutsch – das Flugblatt nützt uns wenig."

„Wir veranstalten ein internationales Tanz-Festival. Ganz toll – zehn Gruppen aus aller Welt. Schaut doch mal vorbei – ist wirklich ein Super-Programm", sagte der Langhaarige. „In einer Woche ist die Vorstellung. Unbedingt weitersagen! Wir brauchen viele Zuschauer. Ihr könnt uns auch schon vorher mal besuchen. Fragt einfach nach mir. Ich heiße John."

„Ist ja toll", rief Cindy, sofort Feuer und Flamme, „da müssen wir unbedingt hin!"

„Na klar", meinte Sara „endlich mal was anderes als Heimatabende und Blasmusik!" Und David feixte: „Da wird es unsere angehende Ballerina ja kaum auf dem Sitz halten, was, Cindy?"

Cindy lachte. Sie hatte den dreien erzählt, daß sie auf die Dominick-Schule ging, und seither mußte sie sich regelmäßig von David verspotten lassen – aber sie wußte, daß er's nicht bös meinte, und nahm es ihm deshalb auch nicht übel.

Am nächsten Tag gingen sie zum Festplatz, wo das Tanzspektakel stattfinden sollte. Überall standen Wohnwagen, ein großes Zelt wurde aufgebaut, man sah die Tänzer im Freien proben.

Cindy war begeistert von der Atmosphäre: die Tänzer in ihrer bunten Kleidung, die verschiedensten Klänge in der Luft – es war eine fröhliche Welt der Phantasie, die sich hier ausbreitete.

Während sie noch zwei Clowns bei einer akrobatischen Nummer beobachteten, kam John auf sie zu.

„Na, wie geht's?" meinte Sara.

„Bescheiden, bescheiden", sagte John und grinste schief. „Unsere Gruppe kann möglicherweise gar nicht auftreten am Samstag."

„Aber warum denn nicht?" fragte Cindy.

„Jennifer ist krank geworden – schwere Grippe, fast 40 Fieber. Da läuft so gut wie nichts mehr. Und eine Ersatztänzerin haben wir nicht – es ist zum Verzweifeln." John seufzte.

Bevor Cindy die Situation richtig erfaßt hatte, rief

David wie aus der Pistole geschossen: „Ich glaub' fast, euch kann geholfen werden! Wir haben doch eine professionelle Ballerina in unserer Mitte – stimmt's, Cindy?"

Cindy wurde rot und zischte: „Red keinen Quatsch, David!", und zu John sagte sie: „Ich geh' auf eine Ballettschule, das ist alles. Ich glaube nicht, daß ich euch viel helfen kann."

Doch der schwache Protest nutzte ihr nicht viel. John war begeistert, und auch die Crosby-Geschwister redeten so lange auf sie ein, bis sie sich schließlich dazu bereit erklärte, das Programm der „Sundance Company" einmal anzuschauen.

Sie marschierten hinüber, wo die Gruppe zusammensaß, und John stellte sie den anderen vor. Dann erläuterte er, was die „Sundance Company" am Samstag zeigen wollte: Es war eine Performance, die Elemente der Tänze der Indianer Nordamerikas mit modernem Jazztanz verband.

„So was hab' ich aber überhaupt noch nie probiert!" jammerte Cindy – doch die anderen überstimmten sie lautstark.

„Wir haben noch fünf Tage Zeit! Wir versuchen es einfach! Wenn es nicht klappt, kann man nichts machen. Wir haben doch nichts zu verlieren!"

Die nächsten fünf Tage gehörten zu den aufregendsten, die Cindy je erlebt hatte. Als ihre Großeltern die Geschichte hörten, waren sie natürlich alles andere als begeistert. Doch mit der kräftigen Schützenhilfe durch die Crosbys ließen sie sich schließlich davon überzeugen, daß Cindy der „Sundance Company" aus der Patsche helfen mußte. Und Cindy stürzte sich in die Proben.

Gleich nach dem Frühstück ging sie jeden Tag zum

Festplatz und verbrachte den ganzen Tag mit der „Sundance Company“. Sie war erstaunt, wie schnell sie sich den Rhythmus und die Bewegungen aneignete – und es machte ihr riesigen Spaß. Die Begeisterung der Truppe beflügelte sie, und wenn sie den Mut verlieren wollte, sagte John: „Du schaffst es, Cindy – ehrlich, du bist riesig! Du mußt an dich glauben!“

Als der Tag der Vorstellung kam, hatte sie in der Nacht kaum geschlafen vor Lampenfieber. So viele von den Hotelgästen würden kommen – die Crosby-Kinder hatten mächtig die Werbetrommel gerührt. Sogar die Großeltern wollten sich die Aufführung nicht entgehen lassen – trotz größter Bedenken, denn sie hatten einen eher konservativen Geschmack und hielten nicht viel von modernem Tanz. Cindy wollte sich nicht blamieren.

Doch als die Musik einsetzte und sie mit den anderen die Bühne betrat, ergriff der Rhythmus von ihr Besitz, und sie vergaß das Publikum. John lächelte ihr zu, die Musik riß sie mit – und Cindy tanzte.

Als sie sich am Ende vor dem frenetisch applaudierenden Publikum verbeugten, war es ihr, als erwache sie aus einem Traum. Sie sah die Crosbys, die ihr begeistert zuwinkten, sie sah die Großeltern, die klatschten und strahlten übers ganze Gesicht – sie war glücklich.

Die letzten Ferientage vergingen wie im Flug. Die „Sundance Company“ war längst weitergezogen, und auch die Crosbys hatten bereits die Heimreise angetreten. „Du mußt uns irgendwann mal besuchen!“ hatten die drei Geschwister gemeint, als sie sich verabschiedeten. Cindy hatte es gern versprochen.

Sie verbrachte noch ein paar geruhsame Tage zusammen mit ihren Großeltern, schrieb Briefe an Jenny und an

Rose, in denen sie ihre Erlebnisse haarklein schilderte, und las viel.

Am letzten Abend saß sie noch einmal auf ihrem Balkon und betrachtete die Berge. Bald begann das neue Schuljahr, ihr dreizehnter Geburtstag rückte näher. Sie freute sich darauf, Rose und die anderen Mädchen wiederzusehen – und Jan …

Was würden die nächsten Monate ihr bringen? Würde sie es endlich schaffen, im Ballett mit den Besten gleichzuziehen? Würde sie vielleicht sogar zu den Auserwählten gehören, die bei der Matinee auftreten durften?

Ein Gefühl der Kraft durchströmte sie, und in diesem Moment erschien ihr nichts unmöglich. „Du schaffst es, Cindy – du mußt an dich glauben!“ hatte John gesagt …

„Ja, ich werde es schaffen!“ flüsterte sie. War das Leben nicht einfach wunderbar?

Von Jean Estoril sind bereits erschienen:

Cindy – Der Traum vom Tanzen

Schon als kleines Mädchen ist die Waise Lucinda Adamo fasziniert vom Tanzen. Cindys Großmutter hält von dieser Leidenschaft allerdings herzlich wenig und versucht immer wieder, die Interessen ihrer Enkelin in eine andere Richtung zu lenken. Aber Cindy setzt alles daran, sich ihren sehnlichsten Wunsch zu erfüllen: Sie will Ballettunterricht nehmen – zusammen mit ihrer besten Freundin Jenny. Als sie sich bereits am Ziel glaubt, kommt es doch noch ganz anders. War Cindys Traum vom Tanzen nur Illusion?

Cindy – Dein Auftritt, Ballerina

Nie wieder tanzen? Cindy ist verzweifelt: Sie muß mit ihren Großeltern nach London umziehen und soll den Ballettunterricht für immer aufgeben. Warum nur will die Großmutter, daß ihre Enkelin alles, was mit dem Tanzen zu tun hat, vergißt? Cindy steht vor einem Rätsel. Sie schöpft neue Hoffnung, als sie die ehemalige Ballerina Adele Whiteway kennenlernt, die ihr erlaubt, ini ihrem Privatstudio zu trainieren. Natürlich darf die Großmutter nichts davon erfahren. Für Cindy beginnt ein nervenaufreibendes Doppelleben …